新時代の幕開け ❸

大転換期の今、次世代へ残すもの

高木利誌

明窓出版

まえがき

　本シリーズ１作目、『新時代の幕開け』では充電を、『新時代の幕開け２』では発電を主体に述べたつもりである。
　ところが、これまではケイ素を使用して発生させる電気に関しては直流のほうが効率がいいと考えていたものが、交流のほうが発電、充電に都合がいいことが、不思議なご縁からわかった。

　そこで、一昨年ご講演いただいた、ニコラ・テスラの研究者であられる井口和基博士にお尋ねしたところ、「現在、ニコラ・テスラについての原稿を執筆中であるから、参考にしてください」とのお話をいただいた。
　それを読んで、ニコラ・テスラが、直流を推奨しておられたエジソンと対立していた理由がわかり、大いに参考になった。
　また、今はバッテリーの遠隔充電、送電、さらに宇宙船への送電などの実現に向けた、飛躍的発展の可能性も期待される時代ではなかろうか。
　エネルギーをいかに効率よく発生させられるか……、それに少しでも貢献できる方法は……、思いは尽きない。

さらに、「自然エネルギーを考える会」の会員の皆様のこれまでの実験結果とアドバイス、また、私がお願いしてご講演いただいた諸先生のアドバイスなどをもとに出来上がった製品とその利用方法について、弊社の工場内で2021年3月1日から展示会を開催させていただいている。

空中から電気をいただいて充電もできる、空気電池と言えるようなものも展示してある。

どなたでも電池の充電が簡単にできるようにしたので、お気軽にご覧いただきたい。

関英男博士、ニコラ・テスラ先生のお話などで、このような内容をご存知の方もたくさんおられると思う。

また、知花俊彦先生の本から、「空中から電気をいただく方法」や「空中から無尽蔵に水をいただく方法」も知られているのではないだろうか。

ぜひ、展示会をご観覧、ご利用いただけますようお願いいたします。

そして、最近も災害時の停電についての報道が多くありますので、そんな時にも電気に困らないような、「誰でもできる簡単な電気利用法」について、いっしょにお考えいただけますとありがたく思います。

【展示場所】

株式会社コーケン

＊少し分かりづらい場所なので、高木特殊工業まで
おいでいただけましたら展示場所までご案内いたします。

高木特殊工業住所　愛知県豊田市広田町稲荷山 20 番地
電話番号　0565-52-4663

＊観覧無料

目次

第2部　自然はうまくできている

第3部　資料・論文

第１部　もう充電器はいらない

90歳になって思うこと

数え年時代に生まれた私だが、今年（令和３年）の元旦で、数えで90歳になった。

この年で、今もまだ現役で作品の開発や展示をさせていただけるとは、本当にありがたいことである。

私は、子供の頃より、家族や地域の皆様のお役に立つこと、良いものを楽に作る方法などについて、いつも考えていたような気がする。

両親の手助けを進んでしていたし、戦時中には地域の方たちへの食料、とりわけ甘いものをなんとかお届けできないかと研究していた。

三河地震、南海地震のときには、地震小屋生活の照明についても、一所懸命に考えていた。

それで、もっと科学や物理などの知識を深めようと、大学進学時には理科系を志望したのだが、高校の恩師に、

「君は理科系志望のようだが、理科系の勉強は一生できる。でも人間を作るのは今しかない。文化系に入って人間を作り直してきなさい」と言われ、渡されたのは、法学部で有名な中央大学の入学案内であった。

なぜ、国立の京都大学や実家に近い名古屋大学でなかったのかと思うが、中央大学でこそ学べたこともたくさんあ

り、今となってはこれでよかったのだと理解している。

名古屋大学の一次試験には合格していたのだが、二次試験は名残惜しい気持ちで１科目だけ受験して、中央大学に入学した。

他の著書にも述べているが、昭和30年、大学卒業直前の２月に就職内定の取り消しに遭い、ふらりといった岐阜県で警察官の募集に惹かれて受験。

ありがたいことに大難関を通過して、合格させていただいた。

今考えると、これらすべてが運命であり、すべてがありがたいことであった。

警察官として勤務していた時期に、伊勢湾台風という大災害の被害に遭い、両親兄弟の住む実家の全壊を知らされるも見舞いのための休暇の許可がいただけず、このときに退職を決意した。

それと同時に、被害者のお役に立てることは何かないかと、真剣に考えるようになった。

実家のほうは、弟妹夫婦が隣に移り住んでくれたので少しは安心であったが、長男である自分がすべてお任せでは申し訳ないと感じていた。

これが、古い人間の責任感というものだろうか。

年金資格（当時は恩給資格）がもらえるようになった期日の翌日に、退職願を提出した。

それからが、理科系の勉強のスタートであった。

もしも内定取り消しがなかったら、こんな結果にはならなかったであろう。

どの体験も、今となっては私の一生にとっての貴重な宝であり、世の中の現実を見る目を養わせていただくよい機会でもあった。

営業面についても、会社の門前に立つだけでその会社の経営状態を感じられるようになった。

もう充電器はいらない

電気機器に充電するのに、「充電器は不要」、そんな時代がまもなく来るかもしれない。

拙著にも書いたことであるが、ニコラ・テスラ大先輩、そのテスラの研究者、お目にかかった諸先生からは、たくさんのヒントをいただき、多くを学ばせていただいた。

最近では、お招きしてご講演いただいた井口和基先生。

「UFOはこれで飛んでいる」と教えてくださった関英男博士。

さらに極めつけは、UFO研究者、清家新一博士である。

諸先生のお話などから、水晶、クリスタルを元に、電気が生じることも理解できた。

また、先生方の著書により勉強させていただき、交流電気がキーとなることもわかった。

それをいろいろな角度から実験して、我々人類の生活においても、電気だけでなく様々な分野で役立ち、素晴らしい効果があることがわかった。

以下に、実験結果と考察を簡単にまとめてみる。「自然エネルギーを考える会」の会員様方からの報告も含まれる。

1．　農業

農地の四隅に棒を立て、カタリーズテープを添付したら、作物が20％ほど増収した（20年ほど前に私自身も体験）。

2．　工作機械

作業性もよく機械寿命も長くなる。しかしこの効果は、工作機械メーカーには痛手であろう。

3．　電池

これがメインである。だめになった乾電池やバッテリーの再生、長寿命化。これについては、廃棄乾電池をくださった市役所から、電池販売への影響があると注意があった。

４．　バッテリー

カタリーズを塗布することで、バッテリーが充電できる。急速充電も可能で、20年劣化しないという報告も。

５．　電気メッキ

メッキには、電気を活用する電気メッキという方法があるが、ある種の電気メッキなら、電気がなくてもメッキできる。

６．　蛍光灯　電気につながなくても点灯させられる。

７．　水の電気分解

コップにカタリーズテープを張ると、中に水を注いだとき、電気分解が起こってイオン水になる。

他、使用者からの報告多数あり。

また、ある本に、病気によっては効果があるとあったので、布にカタリーズを塗布して湿布のように使用してみると、肩こり、腰の痛みが和らいだ気がした。

これについては、私は医者ではないので、断言はできないが。

まだまだ使い道があるようだが、皆さまにもお試しいただいて感想や実験報告などお寄せいただければ誠にありがたいです。

大農業者の照沼社長が、農場で使用していたら増作できた件と、自動車のエンジンのそばに添付したら燃費が格段によくなったと、写真を送ってくださった。

エンジンルームに添付されたカタリーズテープ

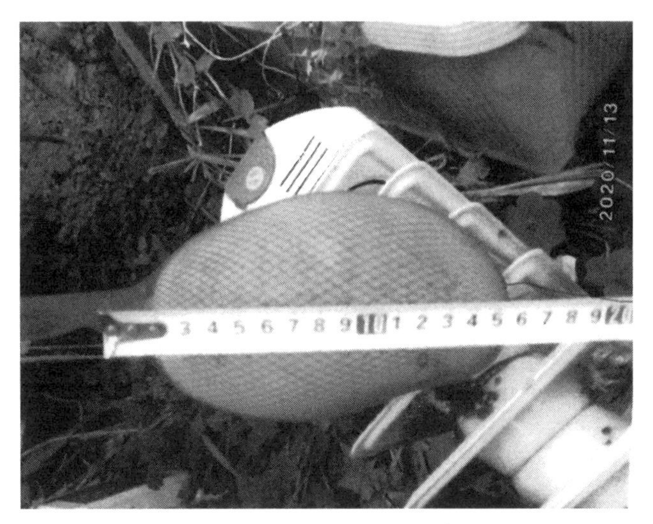

通常より大きく実ったマンゴー

米も増収できた

カタリーズメッキについて

カタリーズは、メッキ金属に触媒機能を付与したものである。

メッキは、見栄えをよくするための装飾用として施すことも多いが、カタリーズについては、特殊機能をもたせている。

1. 機械的機能
2. 電気的機能
3. その他

機械的機能については、摺動性（しょうどうせい）（滑りやすさ）、耐食性（錆びにくさ）、耐摩耗性などが高いということが挙げられるが、今回は特に、電気的機能について述べてみたい。

我が社が企業した当初、工場で扱っていたのは、機械部品のメッキが本業としてのメインであったが、何らかの装飾機能を付与すれば、価値（価格）を上げられるのではないかと考えていた。

いろいろと試みをしているうちに、来客された先生が、試作品をご覧になって、

「この部品は、携帯電話の電磁波を弱めるような気がする」とおっしゃった。

サンプルとしてお分けしたのだが、さらに、

「携帯電話が電池切れになったのに充電器がなかったのでこの上に載せたら、通話ができるようになった」とのお話をいただけた。

そこでまたいろいろと試してみたところ、どうも発電機能があるような気がしてきた。

そこで、小型電気自動車を購入してテストをすることにした。

そんなある日にご来社されたお客様にもお話しをして、数個お渡ししたところ、後日、

「これはすごいよ。バッテリーにつけると車が軽く走るようになる。鈴鹿のレースなどでは、断然トップになるよ」

と、嬉しいご報告をいただいた。

そして、まずは100個、次に500個、700個と、たくさんのご注文をいただけるようになった。

アクセルを少し踏めば、それまでよりも短時間でスピードが出て、燃費が向上、排気ガスが減少、さらにオイル交換が不要になったそうだ（これは、カタリーズ塗料でも同様で、フェリー航路の船でそれまでは1週間ごとにオイル

交換の必要があったのが、６カ月間、交換の必要がなくなり、オイルメーカーからお小言をいただいたらしい)。

さらに、バッテリーの機能が向上したためか、バッテリーを３～４年で交換していたのが20年間交換の必要がなかった、とのお言葉を、何人ものお客様からいただいた。

以前にも書いたことであるが、携帯電話に貼りつけると、発信者側も受信者側も、電磁波が２分の１に減少するようだとの報告をいただいたこともあった。

その他、今回報告させていただきたいのは、カタリーズテープの利用法である。

携帯電話をはじめ、全ての電気製品の充電に関するものだ。

特に災害時に電気が停止したときに、最も役立つのではないかと考えられる。

電気自動車や携帯電話が、従来のコンセントを通さずに充電できたら、どれほど便利だろうか。

そこで、カタリーズを使った、発電コンセントを作成してみた。まだ、研究段階だが、電力会社からの電気なしで、このコンセントからたくさんの電気が得られたらと期待している。

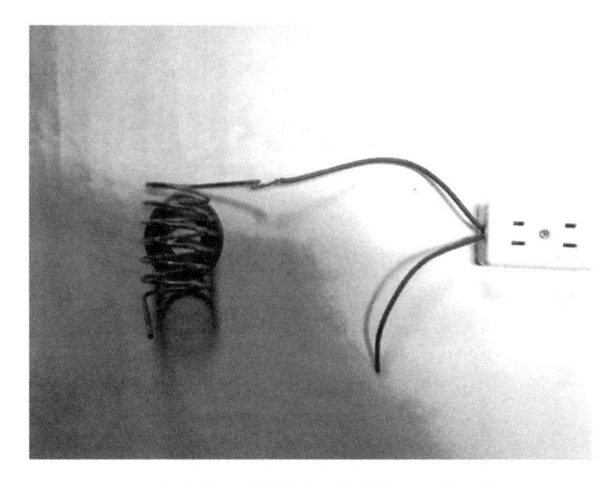

カタリーズ部品をつなげたコンセント

カタリーズテープの利用法

私はサラリーマンを退職して、最も好きな理科系の勉強を兼ねて化学系の仕事を始めることを決めた。

そして父の許しを得て、家業の縫製業ではなく、薬品の調合から始まる工業メッキを生業とすることとして、「高木特殊工業株式会社」を、父に社長になってもらって開業した。

全くの素人の私が営業に回って、何か質問されても答えられないことばかりで、

「社に帰りまして、社長と相談いたします」と言うしかなかった。
また、すでに他の同業者との取引があって、
「うちは間に合っているから」と言われるばかりだった。

そんなとき、旭鉄工という会社の部長様が、
「まず工場を見せてくれ。課長、面白いやつがきたから、工場を見に行くぞ」とおっしゃって、お越しいただけることになった。
「困ったな、あれが工場といえるかな」と思ったが、結局見ていただいたのは、建設中の新工場と、鶏小屋であった。当時は、鶏小屋の中に機械を置いていたのだ。

そんな状況を見た社長は、
「こんな状況なのに会社に営業に来るとは大したものだ。少しずつやってみなさい」とおっしゃり、取引していただけることになった。

ここで気がついたのは、以前に取引していた同業者と、技術面、品質面、納期や価格などについて常に競争があるということだった。
競争を避けるには、なにか新しい技術を研究開発するか、

または、外国からの新技術導入しかない。

技術開発については、新機能についてテストをしてみたくても、工業試験場も簡単には受け付けてくれないので、残るは外国から技術を導入するか、別部門について検討するかしかなかった。

次女が名古屋工業大学卒だったので、超硬処理技術研究所、略して株式会社コーケンを設立し、費用などの関係で税務署の指導もあり、別会社とした。

そして、クロームメッキに替わるほどの硬度、耐摩耗があるといわれる、アメリカ特許のセラミックカニゼンを導入した。

ここで、様々なセラミック、鉱石を複合メッキする方法を学び、ヨーロッパから摺動性に優れたテフロン複合メッキを導入し、さらに表面処理の一環として、塗装、溶射を導入した次第である。

その後、弊社でもオリジナルの方法を開発し、カタリーズの誕生に至ったのだ。

電力とは何ぞや

ここでふっと気が付いた。

機械などの動力源である電気は、ボルト×電流で構成されている。

ボルトが上がれば電流量は少なくてよいし、細い線でもよく、バッテリーにカタリーズをつけると効果が出る。

カタリーズを使えば、電気自動車は小さなバッテリーで済む。

さらにバッテリーがなくても、別の動力源があればよいのだ。

知花敏彦先生がおっしゃるとおり、自然にはたくさんの電気が飛び交っているから、それを取り込めばバッテリーの代替えができるはずだ。

その取り出し口こそ、ケッシュ財団が推奨している「マグラブ」であり、それをつなぐコードタップであるのだと思われる。

神坂新太郎先生

神坂先生には、船井幸雄先生のご紹介でお目にかかり、何度もお話をうかがった。
そして、『ザ・フナイ』（船井本社発行）という雑誌で、ジミーさんという方が執筆された記事と録音記録から、素晴らしい生涯を送られたと知った。
さらに、最近トランプ前大統領が、宇宙船や宇宙人のことについてお話しになったと知ったが、神坂先生のおっしゃったことが思い出された。

以前にも書いたが、『大統領と会った宇宙人—ペンタゴンの宇宙人極秘報告』（たま出版）という本にもある通り、先生を宇宙船で迎えに来た宇宙人は「ラインフォルト」という、ドイツのヒットラー総統から派遣された科学者で、戦時中に、彼と共に宇宙船を制作したのだとか。
そのとき、「今日は星がよく見えると思ったら、アメリカのワシントンまで２分で到着し、それ以上星など見ている余裕はなかった」らしい。
また、そのときの内容は、口が裂けても述べられないが、とおっしゃっていた。

そして、このままいけば、地球の将来が大変なことになるから、地球防衛のために大量の宇宙人が地球やその周りにきているとのお話であった。

現在の地球は、もう戦争ができる状態ではないと思われるが、もし核戦争にでもなってしまったら、地球そのものが爆発するだろう。

そんな事になったら、宇宙全体も大変なことになり、特に太陽系の金星と火星などに甚大な被害が及ぶことになるそうだ。

実は、かつて私が国際学会で講演させていただいたとき、会場の中に聴衆に混じって不思議な３人組がおり、ある方のお話を統合するとどうも宇宙人ではなかったかと思われた。

地球の現状を見ると、まだまだみんな仲良くとは程遠く、各国、軍備の増強となるのではないかと、子供だった戦時中の頃を思い出す次第である。

代替エネルギーとUFOの魅力

UFO の動力としての重力エネルギーは、地球上のあらゆる地点に存在し、無尽蔵である。

その利用法を知らないものは、

「水の中にいて、渇を叫ぶがごときである」

とは、清家新一先生のご著書にある名言である。

また、関英男博士が「UFO はこれで飛んでいるのだよ」と教えてくださったものが水晶だったことは、何度も拙著に書いた。

これらのことは、私の開発の原点であるが、こうしたことを話しても以前は誰にも相手にしてもらえなかった。

それでも、実験をするのに市役所から廃棄されたバッテリー、乾電池の払い下げをいただいて試してみると、ほとんどが再生できるということが判明した。

また、バッテリーが 20 年以上経っても使えるという報告もあった。

そこで、商品化できると判断し、警察に古物商許可申請に行ったのだが、「お断り」と言われた。

市役所からは、「こんなものができたら電気屋が困るではないか」と言われてしまった。

さて、現在は、自動車業界でも電気を動力とした、電気自動車が主流になり始めた時代である。

私も、電気について著した『新時代の幕開け』(明窓出版)

を出版させていただき、展示会も、開催させていただいている。

それについて、もしできたら、普段から仕事でもお世話になっているトヨタ自動車の電気自動車なども展示させていただければありがたい、と販売店へお願いに訪れたところ、お断りされてしまった。

そこで、現在、電気自動車を発売しているテスラモータズ、日産自動車、本田モーターズなど、他社の自動車の展示も中止して、スズヒロフォークリフト様からお借りした電動フォークリフトと、電動車椅子のみ、「電源のいらない充電」のデモ用に展示することにした。

空中から電気をいただくことによる発電、充電も発表している。

災害大国ニッポンの一助になれば幸甚です。

清家先生のご著書より

清家先生が、UFOとエネルギーについて、素晴らしいご本を著されているので、ここでご紹介したい。

『UFOと新エネルギー』清家新一著　大陸書房
第二部　最新の世界異常事変より引用

一一、火星のユートピア平原に着陸したバイキング2号は、一九七九年五月十八日に、火星の霜を写した（写真39）。その厚さは、0.02ミリ程度であった。二、三カ月前にも霜が出現していて、一〇〇日間残存していた。

一二、『UFOと宇宙』（一九七六年二月号）に掲載された〈北野恵宝師〉とのコンタクト事件で、その宇宙人が残した宇宙文（ググジャラ……）の解読全文は、次の通りである。解読者は、成田満君（北海道）である。

あたたかいあなたがた、なんでも知っているというあなたがた地球の人々に、我々は警告するためにやってきた者です。私たちは、この言葉がどのような人々の手によって、どのような形で訳されるか、あまり期待していない。なぜなら、あなたがた地球人は、自己の利益をもたらすものにしか興味をもてぬからだ。

私たちは宇宙人と呼ばれ、たくさんの誤解と、たくさんのマイナス理解をされている者だ。我々が、地球人を理解しようとつとめているほどに、あなたがたは、我々のことを考えてはいない。それでもなお我々があなたがたのいう

UFOに乗って、わざわざ訪れるのは、あなたがたの地球が、一天球として、太陽系、銀河系、その先にまで及ぼすエネルギーの散乱をくいとめるためだ。

あなたがたは、人間は地球以外でもたくさん生活し、努力していることをあまりにも知らなさすぎる。考えなさすぎる。宇宙の中に浮いていながら、自分を全てだと考えこむ宇宙観を扱って生きてゆけるのは、全く筆舌に尽くしがたい驚異だ。我々もまた、つねに努力している。成長し、進歩していこうとする生命に順じて生活することは、当然のことで、今の地球のありさまは、本来なら人間の生命にとって、ありえない姿だと我々は考える。だが現実にあなたがたは活動し、生活している。しかし、あなたがたは考えたことがあるだろうか。一体、いつまで、この状態が続けられるかと……。

地球はすでに危機にはいっている（注／一九八〇年の現在、アメリカの熱波、日本の寒冷な夏などの異常気象がある）。

我々の円盤が、何回となく訪れ警告してきたのは、そのため以外の何ものでもなく、興味本位のものではない。なぜなら、我々も多忙な毎日を送っていて、決してヒマをもてあまして遊んでいるわけではないからだ。

地球人に対して、常に我々が、警告してきた言葉は、たくさんのコンタクトマンと称する自尊心のある人々や、たくさんの情報網の事々を通じ、ある時は、政治家やマスコミや経済人・宗教人を通じて語られてきた。だが、いつも握りつぶされてしまった。我々は、辛抱強く待った。しかし、そろそろもう待つ状態から、積極的行動に移す時期にきたのではないかと考えている次第だ。

我々が、難解で、奇妙な文章を伝えたのにはわけがある。地球人は、あまりにも心の本来のありかたを知らなすぎるからだ。心さえもって読み、本来の生命、すなわち、宇宙のどこにでもある生命体と一体となれば、おのずから、判読できるものであることを、つまり言葉は、日本語でも英語でもいいのである。

要は、何のために、地球人であるあなたがたは存在し続けようとしているのか？　死から、逃れたいためか？　恐怖のためか？　一体、あなたがたは、何のために生きているのだ？　我々には、あなたがたが判らない。なにゆえに分離させ、わざわざ難解にし、哲学や宗教や経済や、その他の科学文明と称する諸々のものを分裂させて考えてしまうのか？

それらの社会現象などは、全て生命のためにあるものであって、それ以外に存在する理由はない。すなわち、生命のないところに、言葉は不要なのだ。我々は、そのためにわざわざ造語した。なにゆえに、あなたがたは、疑問をもたないのか？　宇宙人は決して抽象的、ＳＦ的産物ではない。なぜなら、地球人よ、あなたがたも宇宙人ではないか？

北野師に告げた時に、はっきりと話して文章になると、このわけの判らぬ言葉となったことを、もっと疑問にもつべきだった。ともかく、あなたがたの住んでいる地球は、重力磁場が乱れ始めている（注／重力場と対になっている軸性角運動量密度を、重力磁場と称したものか？）。起動も変わっている（注／時間軸方向についてか？）。天体の位置が変わり始めていること、時間が狂い始めていることに、なぜ疑問をもたないのであろう？　専門家や学者と称する人々を、我々は残念ながら、あまり信用していない。彼らは、地球が破壊される時でさえ、データ集めに余念がないだろうから……。我々は、最期の警告をしたい。

円盤を見ても、あなたがたは自分の宇宙の中にとどまって、恐怖心を増すばかりだろうか？　それとも、錯覚や幻覚にしてしまうのだろうか？

実際に教えてあげれぬほど多くの人々が、円盤を目撃したし、乗った人も多い。しかし、彼らは自分が特殊な人間のように考えてしまうか、あるいは、何のために乗る機会を与えられたのか、自分の意志で考えようともしない。不思議だ。

私は、あなたがたに告げたい。たとえ、科学的な高度な力を作用させたとしても、生命は消えない。生命はまたくり返されるだけだ。

だが現在の地球は、いままでの危機とは違う。地球の内部にある空洞は、地球人自身のものだ。いずれ、バランスを失った力は、内部の空洞を押しつぶすだろう。その時地球は、完全に破壊され、別な時空間に移っていくかもしれない。だが、地球自体が、もっと大きな磁場をかかえていれば、単にそれだけではすまない。今は何ともいいがたい。

あなたがたが考えているほど、地球は小さな星ではないし、あなたがたが考えているほど大きな星でもない。地球が破壊される日の地球の様子を、我々は映像を通じて（注/未来観察機を用いたもの）見せられている。だからこそ、我々は必死に、あなたがたと接触し始めたのだ。

我々の意図は、地球を救うためだけでなく、我々の星以外の星をも助けるためだ。地球だけが、我々の知っている星ではないし、特に興味をもっている星でもないということです。

地球が危機にはいる時、地軸は27度以上傾斜角を加えるでしょう（注/現在は、23.5度傾いているから、50度以上傾くことになる）。たとえ地軸が傾いても、地球人は少々身体が不調になったと思うぐらいで、特に動揺はしないでしょう（注／時間軸のことか？）。でも、その時にもまだ、地球人は自分のこと、あるいはせいぜい友だちか、家族か、恋人のことだけしか考えないでしょう。何と愚かなことでしょう。すでに昔より宇宙は先にあるのに、決して人間が先行するのではないのに……。

あなたがたはいつも常に、そのように動いてしまう。どうかもしできるなら、少しでも外宇宙へ眼を向け、心を開いてほしい。我々が同じ友だちとしてつきあえるのは、その心のありかたでだけ感じられるのです。金星はすでに移動してしまった。もう金星は、危機を感じ、計算し尽くした範囲外に逃れるためです。衛星をひとつみつけて、そこに移動を開始したのです。我々も、もう少し時間をおいて、移動するかもしれません。地球から遠くなりますが、決して来れない距離ではありません。

残念ながら、あなたがた地球人の現在の科学知識では無理ですが……。

もし、この危機を脱することができるなら、あなたがたも、宇宙の人々と直接交渉をできるようになるでしょう。しかし、現実は、どんどん最悪の事態に落ち込んでいっています。

解決する方法は、いくつかありますが、まず、ともかく地球人自身の意識、自我中心のわがままな心を変革しなければなりません。でないと、我々も危険にさらされることになるからです。すでにたくさんの文の中で語られていることですが、あなたがたは、もっと正常な生活をしてください。人間の肉体は、それ独自では存在しません。心と肉体は、一緒にならねばなりません。

どちらかいっぽうが、どちらかをねじふせてしまうことは、異常な事態です。できるだけ、緑の多い環境の中で、人々のことや地球のことや宇宙のことを考えてみてください。はじめは小さな解決、出発点として自分を変えていくことです。〈そんな小さな努力が地球を救うなんて、あり得ない〉とあなたがた地球人はいいますが、一体だれが地球を汚いみすぼらしい星にしてしまったのですか？あなたがた個人から出発しているのですよ、全てのものは。

注／心のあり方について説いているのであるが、他のコンタクトの例も同様、宇宙エネルギーを得るにはどのようにすべきかというようなことは、アドバイスしない。我々は、最もそれが聞きたい。

☆次は、宇宙人の詩であると、成田満君はいう。

創造神への詩（うた）

北風はかわ　すずかけのあかきみのりのよきときに
新しき陽はさして　とわずはなさぬ
小川のせせらぎも　赤き血潮となりし
ここにおわすちかいはたの為に
高き手おかん
北風のうつろう南のあたたかき
旅する者の世界とたたかいの炎は
共にもえて　道なき道を創り
互いの元にたださんとする　日はちかい
炎の中より出でる　みきのみきより出（イ）でる　神々のめでしものよ
日々はすぎ　年はすぎ去り　もとに戻る時はかないぬ
あかき実りの時を　近くせる者多くの中より一人出（イ）でる者　王となり
世界をたえずみちびかん
一人の王者出（イ）でて　世界中を動かし
新たなる者にちかわん　真理の火を高くかかげ　一日のおきてを定めん
王なる者の言葉は　ひろく深く
あまねく　全宇宙より　指示をうけ

一粒の砂さえも色定め　香定め
もろもろの　大地より出（イ）でたる者をめでし
高き地にある者　迎え出でむ
いざ　広き世界に　みちびきゆかん
聞くものは声　見るものは血となり
全てもろもろの上に　光となし
たたえ　大地は創られ　また　始らん
注/ウラニデスの誇らしいゆったりとした美しさがある。

一三、斜めに働く重力場/アメリカのレクスブルグでは、重力が斜めに働く地点がある。写真40は、人物が重力の方向に立ったところである。この地点では、写真をとると、背が低く写ったり、またより高く写ったりする。飛んでいる小鳥が、急に落ちたりもする。

地球全体は、物理的なクラインの瓶であり、その捻れに当たる部分があるわけだ。そのような地点ではあるまいか？

一四、モレイ博士の宇宙エネルギー　アメリカのモレイ博士は、宇宙エネルギーをとらえているとの報せがある。地上で、人間一人あたり、一五〇万個の100ワットの電燈をともすだけのエネルギーが、地上にきていると、彼はいう。発電機なしで、どんな種類の燃料も、前もって必要としない。というのは、このエネルギーは、直接に、定期船、航空機およびどんな種類の輸送機関でも、くみ上げ得るからである。熱、光および動力があらゆる種類の建物や機械に利用できる。

一例として、砂漠地帯に水をくみ上げることであるけれど、動力源は、わずかの重量の蒸気プラント、または現在使われているエンジンであり、わずかの費用でよい。

見当違いの夢ではなく、証明ずみの真理である。何百人という人々が、〈モレイの輻射エネルギーの発明——宇宙動力〉を見ているからである。

モレイ博士は、一九二七年までは、バイポーラ・トランジスタを開発して、一九三九年までに〈輻射エネルギー装置〉が、50キロワットのパワーを供給することを示した。彼は、このエネルギーは、宇宙に遍満するといっている。

彼は、困らされ、おどろかされ、かつ射たれようとしたこともある。高名な科学者たちが、作動前に彼の装置を調べたけれど、彼らのみたパワーの源を理解できなかったことを認めたので、科学界の支持を得られなかった。

これは、母船の動力に相当するものであるようだ。

——引用ここまで

「本気でUFO開発に挑戦する研究者が日本にいた！」

清家先生の研究についてご紹介している、興味深いサイトもあったので、ご紹介する。

Back to the past（https://www.bttp.info/）より引用

清家新一という人物をご存知だろうか？

愛媛県宇和島市の出身で、東京大学理学部大学院を修了後、茨城大学や愛媛帝京短期大学で教師をし、1973年に重力研究所（のちの宇宙研究所）を設立してUFOや重力制御の研究に生涯を捧げた研究者だ（wiki）。

清家氏が研究していたUFOの重力制御の原理は、自身が独自に考案した「超相対性理論」にもとづいており、実験で「２アンペア～６アンペアの交流電流で-0.059g～-0.291gの質量減少に成功した」という論文も発表している。

●重力の消滅実験

1984/1　J-STAGE　1p-EB-11　清家新一（重力研究所）より

清家氏は残念ながら2009年に亡くなったが、その研究を引き継ぐ人物がいた。

宇宙研究所元会員の小林氏だ。

小林氏はなんと40年以上も（！）円盤機関(以下UFOと呼ぶ)の研究と開発を続けており、20年ほど前に開設したホームページ「宇宙機試作室」(http://ufodev.o.oo7.jp/）でその進捗状況を発表している。

私も3年ほどタイムトラベルやタイムマシンの研究を続けているが、小林氏のUFOにかける情熱と精神力には感服するばかりだ。

小林氏のホームページは一見簡素だが、TOPページの実験機の写真をクリックして中に入るとその情報量に圧倒される。

ホームページの内容は、UFOの実験報告はもとより、重力の制御原理やUFOの飛行原理の紹介、宇宙論や宇宙人論、グレイやミステリーサークル、他の惑星への移住にいたるまで多岐に渡る。

さて小林氏が清家氏の研究を引き継いで挑戦しているUFOの重力制御の原理は「カイラル対称性の破れを補正した質量減少」だ。

……物理学に興味のない方には呪文のように思えるかもしれない。

簡単に説明すると、
この世界のミクロの領域をのぞいたとき、分子は原子から、原子は原子核と電子から、原子核は陽子と中性子から成っている。
陽子や中性子はさらにクォークと呼ばれる素粒子から成っており、このクォークに「質量を与える」のが、2012年に発見され話題となったヒッグス粒子だ。

だが陽子や中性子の質量のうち、このヒッグス粒子が与える質量は全体の２％にすぎない。
残りの98%はどこから生じるのか？
残りの質量を生み出すのが「カイラル対称性の自発的破れ」だ。
例えば陽子は２個のアップクォークと１個のダウンクォークからできているが、グルーオンという質量０の粒子が接着材の役目をはたしてくっつけている。
※ちなみにグルーオンの「glue」とは「のり」の意味。

グルーオンのこのくっつける力を「強い力」と呼び、グルーオンが「色荷」という特性を持つことから場の量子論の量子色力学（QCD）で説明される。
量子色力学（QCD）ではクォークは、右巻きスピンと左巻きスピンのフレーバー（種類）に分類されるが、右巻きと左巻きが独立に存在する性質を「カイラル対称性」（wiki）と呼び、独立に存在しているときクォークの質量は0である。

しかしヒッグス粒子によりクォークの質量は0にはならずカイラル対称性がちょっと（2%）破れる。

さらにこの宇宙では右巻きスピンと左巻きスピンが混在しており対称性が「自発的に破れる」（この宇宙では左巻きスピンをより好む）。その結果、陽子や中性子は残り（98%）の質量を獲得する。

※ちなみに「カイラル対称性の自発的破れ」によって物質が質量を獲得するという研究は、日本の誇るノーベル物理学賞受賞者、南部陽一郎博士らによって提唱された。

小林氏が研究しているUFOの重力制御は、混在するクォークの右巻きスピンと左巻きスピンの独立性を復活させることによって「カイラル対称性の破れ」を「補正」し、物質が獲得した質量を減少させるという理論だ。

UFOはカイラル対称性の「破れを補正」して質量を減少させ、「空中に浮く」というのである。

「破れを補正」する具体的な手段として、小林氏は、清家氏の研究をもとにチタン酸バリウムディスクに円偏向電流を流し、その結晶格子に電磁振動を与える実験からはじめた。

小林氏は実際に実験機を手作りして「破れを補正する」実験を続けており、現在27番目の実験に取り組んでいる。

実験3の段階で「超光速」を実現し、実験15の段階で、電磁場の速度が1.16倍になったことを確認した。

小林氏によるとこの現象は、アインシュタインの特殊相対性理論により光速度一定ならば、時間が1.16倍速く経つととらえられる。

実際に「超光速」を実現したとき（光の速度を超えたとき）時間がどうなるのかはわかっていないが（一説には時間の流れが逆転するとも……）、時間の流れが速くなったという現象は興味深い。

アインシュタインは一般相対性理論で重力が強ければ時間の流れが相対的に遅く、重力が弱ければ時間の流れが相対的に速くなることを導き出した。

つまりこの現象は、小林氏の実験機がカイラル対称性の破れを補正したことにより「質量減少」＝「負の質量」が生まれ、重力がマイナスになることで時間の速度が速くなったとも考えられる。

「カイラル対称性の破れを補正する」ということは、質量減少に加え、時間の速度を速めるのではないか？

もちろん小林氏の理論に異を唱える科学者もいるだろう。

だが私が小林氏の研究に魅かれたのは、「電磁気力で重力を制御する」という、いまだかつて誰も成し遂げていない偉業に挑戦しているからだ。

一般的な科学者は、量子重力理論が完成していないことを理由に「電磁気力で重力を制御する」ことなど不可能だと断言する。

私が３年ほど現実的なタイムマシンの理論を研究してきた結果、タイムトラベルには「重力を制御すること」が重要だと考えている。

アインシュタインの特殊相対性理論では３次元の「空間」と１次元の「時間」を合わせて「４次元時空」ととらえる。

つまり「時間」は４つ目の「空間」だ。

また一般相対性理論から「重力」は質量による空間の歪みだ。つまり強大な質量によって空間を歪めることができれば、４つ目の空間である「時間」を歪めることもできるはずだ。

私は思い切って「UFOの研究を応用してタイムマシンを作ることは可能ですか？」と小林氏に質問した。

さっそく回答があり、清家氏が研究していたタイムマシンのことを教えていただいた。

小林氏によると、清家氏の研究の中に「過去を見ることのできる観察機の理論」、すなわち「タイムテレビ」についての記述があるという。

「球偏光電磁場(六相交流)を使う」とのことだが詳細な解説はなく、残念ながら構想段階で終わっていた。

※「過去を見るタイムマシン」と言えばバチカンにあったとされる「クロノバイザー」が思い浮かぶ。

(中略)

その後、小林氏は親切にも今までの研究から導いたタイムテレビ（タイムマシン）の概念をホームページに掲載いただいた。

詳しくは小林氏のタイムマシンのページをご覧いただきたいが、清家氏の研究をもとに、内部を中空にしたチタン酸バリウムとフェライトの二重球を球偏光電磁場(六相交流)で駆動することで、二重球の内部の時間の流れが速くなり、未来に向かって進むという。

外（カイラル対称性の破れたわれわれの宇宙）から内部（破れを補正した宇宙）をカメラで映せば、未来の世界を見ることができるのだ。

しかし清家氏が予測していた「過去を見ることのできるタイムテレビ」は、ブラックホールの内部にさらにブラックホールを造る操作になり、現実的には難しいとのこと。

いずれにしても小林氏の「カイラル対称性の破れを補正」して重力（や時間）を制御する方法は、今までに思いもつかなかったアイデアで、私の知見を広げてくれた。

今後も、小林氏の研究活動に注目したい。

第２部　自然はうまくできている

この章では、平成一五年に発行した拙著「自然はうまくできている〜産業廃棄物が世界を救う」から、あらためて読み返すと今でも新しいと思われるコンテンツを抜粋してお届けする。

身近なことも多く、参考にしていただければ幸いです。

はじめに

市井の素人に何がわかるかとお叱りをうけるかもわかりませんが、私なりに実験をした結果と、私なりの結論（仮説）を得ましたものを補足しました。特に最近マイナスイオンが体に良いし､環境を改善すると言われています。ちょうど私の試している鉱物が最もマイナスイオンに関係が深く、皆様の説を良く聞くと共に、その結果に驚嘆し、自然のすばらしさを再認識しているところです。

マイナスイオンが出るということはどういうことか。それと常に均衡を保っていたプラスイオンはどうなるのか。宇宙は電気に満ち溢れ、その取り出し方に気がつかなかっただけのことではなかったのか。コロンブスがアメリカ大陸を発見する前から大陸はあり、そこに先住民も住んでいた。発明とか発見とは気づかなかっただけではないか。

海も、山も、木も、草も、動物も、石も、水も、エネルギーに満ち、手も加えることなく、ほんの手をのばすだけで電気エネルギーとして、また生命エネルギーとして取り出せることに気づかせて頂きました。その喜びをお伝え致したく、分を並べました。

田亀とは、田の中を泳ぎ回る小さな昆虫ですが、最近は農薬ですっかりお目にかかれなくなりましたが、そんな小さな生き残りの虫の、憂国、憂世の心情と聞いて頂ければ幸いです。

「気」の活用

21 世紀を目前にした今日、残されたエネルギーを節約し、1 日でも長くもたせること。そして、その間に安全で無尽蔵の地球エネルギー・宇宙エネルギーを利用できるようにしなければならない。その大要が何であるか素人の私には知るよしもなかったが、諸先輩の書にふれ、目の覚める思いがした。と、同時にさっそく自分の気づいた点を合わせて試みたところ、すばらしい新事実がわかりかけてきた。

この宇宙で、科学で説明のつかないことは沢山ある。その一つに「気」がある。一部の研究者の間ではすでに「気」

の科学的解明が進んでいるようだが、依然として目には見えない世界のものである。

「病は気から」というように、「気」は一種の生命エネルギーである。現代の科学理論では説明できないという理由でなかなか認知されなかったが、非常に多くの人たちが、自分でも信じられないような「気」によって起こった奇跡を感じている。

・木の気＝植物の気
・人の気＝気功、気配の気、景気、病気、元気
・油の気・空の気・土の気・火の気・水の気

気の電位

人間の体に電位があることは工学博士の東学（ひがしまなぶ）先生に教えていただいた。早速テストをしたところ、私の体の電位は7～10ミリボルトあった。精神というか思いを入れる、すなわち気を入れると25ミリボルトまで電位が上がった。気には電位がある。

新農法を実験

先ず、農法。実際に新しい農法を実験してみたくなった。

数年前、農協から田を借りて米作りに挑戦したことは前著のとおりである。

以前から植木鉢で試していた実験を実際の田で実施してみたくなり、農協（農事組合法人若竹）さんに6アールの田を都合してもらって、木の気、石の気を利用して実施した。なんだか木屑（鋸屑）と稲や野菜とのウマが合い、実にうまくいった。農薬も化学肥料も使わずにである。

それにもまして感銘を受けたのは、若竹の人たちの姿勢であり、心である。皆、稲と話ができるのである。

「農業というのは、作物と話し合うことから始まる」ということか。林業は山と木と、米作りは稲と、花作りは花と、野菜作りは野菜とそれぞれ話し合っていけば、実に良いものができるだろう。

しかし、消費者の意識が低いのも事実である。こんな話がある。

野菜の土のついたままの方が日持ちもするし、味も良い。ところが、「土のついた野菜を持って来た。こんなきたならしい野菜が食べられるか」、もっと「見た目もきれいで、手間をかけずにすぐ料理ができ、安くて日持ちがする野菜がほしい」というのである。そんなうまい話があるであろうか。

しかし、消費者にとってこんな危険なことはない。手間を省き、見た目を第一にしているようだが、本当に自分たちのためなのか、不安だ。

土の持つ浄化能力

土とは、石が風化してできあがったものではないだろうか。

自然のままの石や土、それらがもつ空気や水などの浄化能力、環境の保護能力、保菌、分解能力は本当にすばらしい（丹羽先生、江藤先生、三上先生が述べておられる）。

農作物を作ってみて自然のすばらしさをいやというほど味わわせてもらった。

このすばらしい自然を、人間はいかにいためつけてきたか。そして、私もまたその人間の一人ではなかったか、深く反省するところである。

仮説

①鈴木石は、鍋に水を入れて加熱すると、パンパンというようなコトコト、カタカタというような、あたかも水中で何か爆発するような音がする。これは水を分解し、水素が生まれ、爆発しているのではないだろうか。石の種類によって、その爆発様の音を発する温度が違い、強弱はあるが、その音の発生は認められる（実験による）。これは高水素水ができるのではないだろうか。

②トルマリン、花崗岩、サンゴ、水晶などを混ぜて熱すると40℃以下、常温で水素の発生（H2O → H ＋ OH）が認められる。大和石は更にそれが強いようだ（東博士）。

③ＥＭＸは抗酸化酵素で、ガンにも効く（比嘉照夫教授）。

④メキシコの鉱泉、日田の鉱泉は高水素水でガンに効くとのこと。

⑤カタリーズ処理の水は、ダイオキシンの塩素基の手を切るようだ（独・スピッツァ博士）。これは高水素水か、発生期の水素がハロゲンと強力に結びついているのではないか。

⑥パワーリング（宝石粉をめっきに入れて共折させた複合めっきリング）コースターは、電池を再生させると報告を受けている。これは高水素水と何か関係があるようであ

る。

⑦鉱石でマイナスイオンを発生させるという事実がある。ではプラスマイナスの均衡を保っている自然界の常識からすると、マイナスイオンを出したらプラスイオンはどこへ行ったか。プラスイオンは内側へ蓄積され、充電というか、失われた電池の起電力を回復するとすれば説明はつく。これは空気中の水蒸気が分解して（H ＋ OH）となり、出た$H_{+}e$ H -e となると考えられる（東博士）。

鋸屑（のこくず）との出会い

本業のメッキ業で最も困るのは公害問題である。廃液を安全に安価に、確実に再資源化する方法はないだろうか。そんな発想から、種々トライする中で出会ったのが鋸屑であった。

何せ「廃液処理」のための出資は、毎月百万円単位にのぼる。これでは千数百万円の売上げを食ってしまう勘定になる。そこで従来の活性炭利用から、安価なコーヒーかすに切り替えテストしてみたところ非常に良い結果が得られた。試行錯誤を繰り返しながらトライしていくうちに、廃液中の金属分をコーヒーかすに吸着させることに成功。さらにこれを資源として再利用し有効利用をはかるために、有害物を無害化させる触媒として利用することはできないか。特にメッキ前処理のフロンガス、トリクレン、エタン、さらに自動車の排気ガスの処理もできるはず、ということで私の挑戦がはじまった。

こんな時、名古屋大学沖教授の紹介で、岐阜大学の杉山教授にお目にかかり、「錯体」と何げなく話されたことが、これからの私の人生を大きく変えた。「錯体」。これはわたしにはなじまないことであったが、片っぱしから本をあさり、工業大学に在学中だった娘にも教わり、これから先の私の研究のすべてがこの「錯体」と「触媒」に関することとなる。沖教授、杉山教授に心からお礼を申し上げたい。

当初はフロン、トリクレンへの挑戦が主目的であったが、「世界中の専門家がやってみてできないものが、素人にできるか。それと 1995 年には製造が中止され、そんなことは必要なくなる」との忠告で、自動車の排気ガスの浄化触媒に利用する目的に変更した。

その目的はマフラーに設置して達成したが、これは自動車メーカーに採用されなければ何ともならない。

そこで、油性に変えて燃料添加を試みたら出来上がった。

しかし、いざ製造する段階になって困った。コーヒーかすをどうして集めるか。コーヒー店を一軒一軒回って集めるのはコストの面で不可能に近い。ブラジルや日本のインスタントコーヒーメーカーに聞いたが、燃料として使い足りないくらいだとのことであった。

そこで思いついたのが鋸屑であり、大量に手に入るカナダの鋸屑であった。

鋸屑にとりつかれてテストを続けるうちに「メッキ廃液」はイメージ的に悪く、鋸屑を利用した新しい商品が誕生した。

ちなみに、廃液から金属分はほぼ100％取り出せることが確認できた。さらに金属分を取り出した液体は肥料として役立ち、この肥料のみで、米、野菜（ナス、キュウリ、トマト）、果実（イチゴ、スイカ）などの栽培実験に成功した。

しかし、肥料として認定される見込みはない。

この開発は、時節柄予算が乏しく、あり合せの器具を用いるなど２万数千円の出費ですませた。開発には国内はもちろん、米国、カナダ、オーストラリアの各大使館、領事館、各国政府、大学教授及び友人、お得意様に一方ならぬご指導、ご協力を賜った。心からお礼を申し上げる次第である。

電池用電極

従来の電池は化学反応、又は物理反応を応用したものが主流であって、金属および金属錯体が主流であった。

しかし、次世代電池は取りあえず燃料電池が注目されているようであるが、植物電池、動物電池、鉱物電池といった、集電する電池が主流となるだろう。その電極は後述するが、竹、木などの特に竹の鋸屑の灰（炭ではなく）にプラスチックを焼却して得られるテスラカーボン（東博士開発）を混合したものを電極として非常に効率のよい集電ができる、すぐれた電極材料である。

東博士のテスラカーボン

東博士がプラスチック廃材から取り出したカーボンは、非常に電位が高いことを発表された。これにトーステン先生の「カタリーズはダイオキシン塩素基を切るよ」とおっしゃったのを総合すると、塩ビとカタリーズ末を混合し、乾かすとテスラカタリーズ材ができ上がり、排気ガスもダイオキシンが出ないはずである。得られるものは非常にパワーの高いエネルギーを持った資源となるだろう。東先生の指導のもと、世の中に役立ちたい。

採電（発電）

採電とは、新たに電気を発生させる発電ではなく、自然界に満ちあふれたエネルギーを電気として取り出すので、発電ではなく採電というのが正しいのではないかと考え本書では採用し、次のような採電方法が考えられる。

採電の対象

1　海水採電

海水採電とは、海水中に電極を入れて採電する方法と、電極中（バッテリーなど）に海水を注入して採電する方法が考えられる。

海水中に直接電極を入れて採電する方法は、特段の容器を要しないし、電極も任意の効率の良いものを選べばよい(先述　電池用電極)。

①　しかし、テストとしては、金属パイプにタカラ末に竹灰を混合したもの。テスラカーボンを混合したものな

ど

②　金属、竹、木などにタカラ末複合メッキを施したもの

③　布にタカラ末複合メッキをしたもの

などを用いた。

この結果表層水については、淡水と混ざりやすく、不安定であったが、0.03～0.1mVが得られたが平均値として0.03～0.06mVであった。

（注：テスラカーボンとは東博士の開発による廃プラスチックの炭化したもの）

［深海水］

深海水は、箇所により差があり、富山湾、高知県室戸岬沖、沖縄県久米島沖のものを頂けたので試したが、富山湾０.６V、室戸岬0.6V、沖縄300 m、600 m深のものが1.0～1.1Vであった。

また沖縄の900 m深度のものは0.3Vであったところから、深度が深く太陽光の到達しない箇所での海水はエネルギーが少ないところをみると、太陽エネルギーの影響をかなり受けているものと思われる。

なお、電極の選択によって従来型の電極を使用しても同様の電気容量のものが得られ１電極あたり１Vくらいで、

６電極のもので６Ｖ以上のものが得られるが、電極の消耗が激しく長時間の使用ができない。

2　ゴミ採電

①　生ゴミ（植物屑、野菜屑、ミソかす、動物屑）を動物性消化酵素で処理する場合、0.6 ～ 1.2V の電位を計測した。（注：この場合、臭気は全く感じられないので、生ゴミの新しい処理法としても利用できると考えられる）

②　ゴム、プラスチックゴミを●菌処理する過程で得られる電位は１Ｖ～1.2V と比較的高い電位が得られるが、これは、プラスチック、ゴムの種類によりまたは菌種によっても差があるので、最適菌の選定を見極めることが必要である。

3　植物採電

これは植物の成長エネルギー採電であって、植物に直接電池をセットして計測したものであって、天候、昼夜、季節によっても差はあるが、

竹　32mV ～ 560mV

竹の子　68mV ～ 214mV

楠　162mV

松　22mV

ウルシ　102mV ～ 772mV

であったが、それぞれの樹種のエネルギーで差が認められる。また、植えた場所、天候によっても差が認められる。

植物採電について、電極を直接挿入すると、植物の保護液を出し絶縁状態となり特にゴムの樹などでは、樹液が出て数分で電位が零になる。

そこで添付写真のように繊維めっき電極を巻き採電するのがよく、約0.2V（200 m V）を得られる。

4　動物採電

東先生が「動物も電気で動いているのではないか」と言われたので試してみた。

それ自体では数ミリボルト（12 ～ 15 m V）であるが、植物採電用電極を手に持ってその電極を通すと、左手が陽極として170 m V~190 m V の電位を出しているのが確認でき、約200 m V が取り出せることを確認した。

5　空中採電

太陽熱の温度差を利用しての直接採電は、すでに太陽光発電として一般的である光でなく、温度差による採電も可能である。太陽光ほど多量に得られないのでここでは省略するが、太陽光発電以外にも採電可能であることを申し添える。

以上、それ自体は少量であっても持続的エネルギーの採電であって、電気二重層キャパシター（コンデンサー？）に蓄電しておけば、常時取り出し可能であるので、有望な方法と思われる。また、大きな設備を要せず、各家庭で容易にできる方法であるので、試みる価値はあると思う。

6　廃タイヤ、廃プラスチックからの採電

Ⅰ　廃タイヤ、廃プラスチックが野に溢れ、その処理が開発されつつあるが、ここに実験に着手した一つの分解利用法を提案する。

(1)　工程

①　親水性付与、膨潤

②　菌種浸透、着種

③　菌種増殖

④　分解

⑤　採電

(2)　工程の詳細

①　親水性付与、膨潤

(a)　金属表面処理に利用される動物性消化酵素（排泄

物より）を用いたところ、良い結果がえられた。

(b)　植物性排出液または鋸屑、同抽出物もしくは木酢、竹酢を浸漬または噴霧して、全体または一部を膨潤する。

②　菌種浸透、着種

椎茸、しめじ、ひら茸、馬ふん茸など、きのこ類の菌を一種または数種混合して、鋸屑落葉乾燥草、稲わらなどに構造断層土砂または石粉を混ぜて増殖したものに埋めるか、これをかけて覆う。

③　構造断層土砂または石粉は菌種増殖促進効果を有するが、更に電撃または間欠衝撃を行うと効果的である。

④　数ヶ月でゴム、プラスチック類が劣化分解してゆく。

⑤　この過程中、金属板または竹、木などに表面金属処理被覆した電極を挿入結線して採電または、発生ガスをカタリーズ塗布または、宝石めっき電極中を通過させて採電。

(3) 着想

①親水性付与

天ぷらを食べても、トンカツ、ステーキを食べても消化するし、食塩を食べて胃酸を作り出す消化機能に着目（金属表面処理前処理に活用中)。

②　膨潤

ゴム、プラスチックなどに内部浸透して変形させるもので植物性のものとして、ゴムの木、杉、檜、ユーカリ、楢などの鋸屑またはエキスを選定。

③　ゴムの木、杉、檜、ユーカリ、楢などの木を腐食消滅させる菌体として椎茸、しめじ、ひら茸などの食用きのこ菌、馬ふんなどを消滅させる馬ふん菌（ガンに効くアガリスク菌）などを選定。

④　水分の補給のために生ゴミを追加常時投入、または水噴霧。

⑤　消臭に火山性シラスを加えて使用すると消臭効果が高まる。

⑥　菌体増殖促進のために、断層構造線土砂を使用。

(4) 結果

紙くず、生ゴミなどは数週間で消滅するが、ゴム、プラスチックは数ヶ月を要する。

(5) 副産物

水蒸気とガスが発生するので、これに宝石メッキ棒または板などの採電具を投入すると、ガス、水蒸気の発生期の活性気体のため効率の良い電気を発生し、採電することができる。

(6) 採電効率の向上のために或種（ニッケル、亜鉛など）の廃液またはスラッジを添加すると採電効率が向上するが、公害の問題を含め問題を残す。

(7) 参考

①　プラスチック分解については、矢部菌説、静岡大学説など公知の事実がある。

②菌の増殖については古沢菌説があり、公知の事実である。

③　紙くず、鋸屑、生ゴミ、メッキスラッジなどの処理にも有効である。

④　動物性消化酵素の利用については、特許出願中の金属表面処理の前処理につき利用されているが、特にアルミニウム、チタン、マグネシウムなどのメッキ前処理として公知の事実である。

⑤　断層構造線土砂については電気石と併用または単独で、菌体増殖促進のほか、分子原子の分解効果、ダイオキシンの塩素基の切断などの効果が確認されている。

⑥　シラスについては空洞粒子（カプセル構造）のため消臭効果については公知の事実である。

Ⅱ廃タイヤ、プラスチック屑をカタラ末と共に断気炭化させた物に電極を挿入して注水すれば、電気が取り出せる(これを水素イオン電池と命名した)。これは水がなくなれば電灯が消え、注水すれば永久に点灯する電気となる。

採電用電極

前項の採電について、その電極は次のものがある。

1　金属電極

金属単体でもよいが、純粋単体金属より合金がよく、表面に金属めっき、特に宝石メッキをしたものが効率がよい(東博士説)。

2　竹、木、電極

竹や木の素材に宝石メッキをした電極のほか、竹灰、竹繊維に宝石複合めっきを施したものを用いると、非常に効率のよい採電ができる。

3　鉱石採電

トルマリンなどの鉱石から直接電気が取り出せることは公知の事実であるが、この鉱石採電のルーツは鉱石ラジオ、空中の電気を取り出すと同じように空中エネルギーを採電する方法と、鉱石自体のエネルギーを取り出す方法、いずれにしてもその共用によるものと思われるが、取り出す採電電極は、プラス鉱石ということで、採電にはすべて鉱石の力が要る。

植物充電

駐車中に木から直接充電

炭酸ガスから発電

繊維メッキ電極を排気管にまく

炭酸ガスを→酸素に変える同化作用する

マングローブ林は発電所？

沖縄の下地正吉さんから、３本の種類の違ったマングローブの若苗を送っていただいた。

植木鉢に植えて採電電極を用いて電位を計ってみた。

メヒルギ　　0.6 ± 0.03V

オヒメギ　　0.4 ± 0.05V

ヤエヤマヒルギ　0.4 ± 0.3V

を計測した。

沖縄の海浜の電位を加えると、1.5 ± 0.3V くらいになると考えられるので、今後の課題である。

また、ゴム林、雑木林、どこも皆発電所であるので、日本は発電列島かもしれない。

パワーリングとは

トルマリンなど数種類の鉱石粉をメッキに共折させた金属円板の中心にダイヤモンドカットのキュービックジルコニアをはめこんだものである。

本来排気ガス対策にメッキで達成しようと試みたが、自動車メーカーに採用されなかったことから、持ち歩いてコーヒーや水の改善を目的にした方向へ転換し、コースターとして利用を試みた。

報告は後部一覧表の通りであるが、持っているだけで体の調子が良くなるようだという人もいるが、コーヒーの味はたしかにまろやかになるし、携帯電話の電池切れが10秒くらいで充電できるとの報告（船井幸雄先生の『自分との対話』他）がある。

〈引用〉本物の技術——電池を復活させる液体

『自分との対話—「愉しく明るい生き方」を知る』船井幸雄著　徳間書店

もっとびっくりした話をします。

去年（明窓出版編集注　1999年）の八月二二日と二三日に、第五回フナイ・オープン・ワールドという催しをパシフィコ横浜で開催しました。

この時は全世界から三万何千人かの人がきてくれました。

二二日の一番はじめ、五〇〇〇人の大ホールで私に三時間与えられた時間があったのです。それで最近私を非常に感激させてくれた三人の人に、一人二〇分間ずつ話してもらいました。

そのあと三人の話を受けて、私が二時間話したのです。

三人の中の一人に、高橋みはるさんという、まったくすなおな主婦で、すばらしいマーケットリーダーの人に話してもらいました。

彼女はいろいろなことを知っているのです。正直であけっぴろげです。

その時彼女はこんなことを言ったのです。

「今日は不思議な話をします。最近会った豊田市にいる高木利誌さんは、とても不思議な人です。この電池は高木さんが開発した液体を塗っています。電池が働かなくなったら、その液体を塗ります。塗ると電池が復活するのです」

おもしろい話だなあ……と思っていたのですが、嘘か本当かわからないので高木さんに連絡して液体を持ってきてもらいました。

しかしいちいち液体を塗るのは面倒ですね。それで、この上に電池を置いたら復活するという、液体を塗った金属板をつくってもらいました。

話は少しとびますが、いま、私が中心となってビジネス社から『One Plus Book』という本を毎月出しています。これはなにか一つでもプラスになることを知らせようということで、『The FUNAI』という本の題名をかえて今年の一月から発行を始めました。

この本の中で一番話題になっているのは、私とゲストが対談するコーナーです。一月は長谷川慶太郎さん、二月は高橋乗宣さん、三月は田原総一朗さんと対談しました。4月は秋元康さんです。

田原さんと対談する時に、高木さんがつくった金属板をちょうど持っていたのです。

テープレコーダーの電池がちょうどなくなったので、この金属板の上に一〇秒くらい置いたら充電されてテープレコーダーが動き出したのです。そこにいた面々が、みんなびっくりしましたが、これは実際あったことです。ビジネス社の岩崎社長などに聞いてもらうと、よくわかります。

この日の金属板の効果にびっくりしたので、二月二五日にアメリカ大使館の人や通産省の人や慶応の教授とかとともに、高木さんのところに行きました。

それで電池が復活する実験をしてみたのです。

アメリカ大使館の人の動かない時計が動き出したり、いろんなびっくりがありました。

ほかにも高木さんが開発した、非常にすばらしいものがありました。

今、F1 雑種というのが問題になっています。

例えばライオンとトラをかけあわすとライガーとかタイオンというのができますが、これを F1 雑種と言います。F1 雑種は格好もいいし体も頑丈で強いのですが、F1 雑種と F1 雑種をかけあわせても子供ができないのです。

農作物で本当にいい F1 雑種用の種をつくります。その種からはいい作物ができますが、できた作物のその種を蒔いても子種がないから困ったものなのです。

ところが高木さんは稲や麦について F1 雑種から作物をつくる方法を見つけたのです。

しかも稲だったら一つの田んぼで年間で三回以上、麦なら二回以上できるのです。

ほかにはプラスチックや合成樹脂といった、いわゆる石油からできているゴミとして処理に困るものを、あっという間に溶かしてしまう液体もつくりました。

その液体は木や植物のエキスからつくったのです。

高木さんは私と同い年で、中央大学の法学部を出て警官になりました。恩給がつくような年になってから警察を辞めて、豊田に帰ってお父さんが経営していたメッキ工場の経営者になったのです。

いろんなものを創るのが好きでひまひまに開発をしている間にいろんな珍しい発明ができたということですが、この人はあけっぴろげで我欲の少ない本当にいい人間性の人です。

——引用ここまで

廃乾電池がみごとに再生

それは思いもかけない嬉しい報告であった。出張から返ったある日、「使えなくなった乾電池に２ミリほどの幅で触媒塗料を塗ったら電池が点いた」という、村田会員からの伝言を、私は妻から聞いた。

石の持つパワーは100万ボルトにも達することがあるといわれるが、どうして取り出されるかは知らなかった。まさかこの触媒塗料E.E.E.2001“カタリーズ”にそのような力があろうとは。

早速試してみようとあれこれ探してみたら、動かなくなった電池式の電池カミソリ機があった。動かないことを何度も確認した後、電池を取り出し、電池のまわりを3ミリくらいの幅で塗り、乾燥するのをまって約10分後、電池をセットしてスイッチを入れた。すると、みごとに動いてひげも剃れた。

感動だった。

感動のあまり一晩中眠れず、カメラは、携帯電話は、クォーツ時計は、電気自動車は、ことによったら発電所は……と、夢のような思いが駆け巡った（このときの電気カミソリは2年たった現在も毎日使用している)。(電気自動車は別掲)

電池での実証

村田会員の連絡を参考に、たまたま動かなくなった電池カミソリの電池を取り出し、端から1センチくらいの位置に2ミリ幅で触媒塗料を塗り、乾燥するのを待った。

「動いた」

感動であった。

もう少し大量の実験を試みるため、市役所のゴミ減量化対策室に赴き、市が収集した使用済みの乾電池（あらゆる種類の）を約2千個と、自動車の廃バッテリー10個を払い下げてもらい、再生試験を行なった。ごく一部の銘柄と赤さびのものを除き大部分再生できた。

また、再生電池を長時間使用し点灯しなくなったものを、スイッチを切って約半日ほどそのままにしておくと再び点灯した。

また、この他のケースについては、次のような状況である。

自動車用の12ボルトの充電式廃バッテリーの場合（石、セラミックなどの粉＝石等）

① 液調整の後塗料を約3センチ幅くらい、下から2センチくらいの位置に塗ったところ、2.4ボルトのものが約24時間後に12.56ボルトに上がって、再生したことを確認した。また、使っても使っても自ら充電するので、災害時の照明にはとても有効と考える。

② 蓄電池の液交換による充電の場合

液交換による充電に取り組んでいるが、現在実験段階である。その中から、ある程度達成している例をあげる。

植物性単分子水を酵素処理した500倍液と交換したところ、3.75ボルトを指した。約2時間の充電で12ボルトに達し、電池として実用できた。現在、樹種や濃度などについて実験中である。

また、この液は脱脂液として実験段階であることは前述した通りであるが、ある種のものは、鉄、銅、アルミニウムなどを浸さず、かつ不動態化せず、酸化被膜をとり活性化させる能力をもち、さらに汚水を浄化する能力があることは知られている。さらに、この液に動物性消化酵素を加えると効果が上がる（一般的でないので許可を得る必要があるため中止した）。

③　蓄電池の極板の場合

現在の蓄電池の極板は、鉛、ニッケルカドミウム、リチウムなどが使われているが、いずれも毒性、価格、重量などで問題点が多い。従って、鉄、アルミニウムなどを極板として利用できれば、安全性に加えて重量も軽くなり、利点が多い。現在、その実用化を目指してテストしているところであるが、実用可能の結果が得られた。

④　蓄電池の外枠の場合

電池外枠はプラスチック製が多いが、このプラスチックに石粉などを混ぜて成型したものも有効である。

⑤　パワー紙などシール材の貼布または接着剤に混練接着の場合（パワー紙については後述する）

⑥　極板に石粉等の接着、または複合メッキし、直接電極板を形成し実験してみたところ有効であるが、これは後述の通り電池の革命につながる。

時計その他での実証

次に、E.E.E.2001についての成功例の報告があった。

①　動かなくなった時計の電池に処理すると動き出し、2週間経った時点でも正常に動いている。

②　動かなくなった電池カミソリが、塗料を塗って乾燥するのを待ってセットしたところ動き出し、ひげ剃りに充分こたえている。

③　電池切れで動かなくなった子供用ミニレーシングカーの電池に塗った。2時間くらい経って、感想を確認してからその電池をセットしたところ、ミニレーシングカーは立派に動いた。

④　新しい電池に塗り点灯し続けたら、12時間で電池が切れ、消灯した。さらに12時間スイッチONにしておき、再びOFFにしたところ12時間で復元した。

⑤　廃却された12ボルトの自動車用バッテリーを市役所から払い下げてもらいテストしたところ、2.4ボルトを示した。これに約6センチ幅で4面に塗布したところ、約30時間後に12.45ボルトを示した。照明用の電球を用意し、点灯を繰り返しているが、無充電復元している。

⑥　作動しなくなった電動カメラの電池に塗ると、再びカメラは使用可能となった。

開発当初、工業試験場からも市からも注意があった。

東工学博士の電池再生の仮説

触媒塗料“カタリーズ”について、工学博士の東先生は、次のような仮説を立てられた。

すなわち、廃電池に触媒塗料を塗布するとその廃電池は、

① 単分子化し、単電子化し、さらに陽子（+イオン)、電子（ーイオン）に分解されてゆくのではないか。

② この＋イオン化した原子はあらゆる物質に浸透し、内部蓄積し、放出されたーイオンもまた環境を浄化する。

③ そして、内部蓄積された＋イオンが供給され続ける限り、エネルギーとして蓄積され、いわゆる永久電池となる。

というわけである。

ところで、私の実験によれば触媒塗料を廃電池に塗布すると、0.03ボルトは数分で蓄積できるが、蓄積エネルギーとしては0.6ボルトが限界のようである。したがって6ボルト必要な場合は10個、12ボルト必要な場合は20個重

ねれば達成できる計算となる。

また昇圧は0.03ボルト。23～24時間に0.03ボルトぐらいしか上昇しない。

触媒塗料を塗布して３日経っても時計が動かないので、そのままにしておいて、１年後思い出して時計店で電池を交換してもらうことにしたら、「お客さん、時計は動いていますよ」という。触媒塗料を塗ってもだめだったと思っていた電池が、１年後に回復したわけである。そういった報告も入っている。

自分の体は自分で守れ

かつて草柳大蔵先生が「医者は藪医者に限る」と話されたことがある。かかりつけの個人病院は、家族全員を把握しており、診察しながら、「おばあちゃんの様子はどうや」「嫁入りした娘はうまくやっとるか」という具合に一人の診察で家族の全員を診てくれる。

それに引きかえ、最近は大病院、総合病院万能で、検査、検査でデータ管理でしかない。病気は診ても人を診ない。

自分の体は自分が一番良く知っており、薬漬け医療より、個人病院の藪医者が、全人格的診察をしてくれ、かかりつけをもっていて自分の体を一番良く知ってくれる医者に頼るべきか。

実験の効果

素材	商品	基本用途	会員報告、その他の用途<効果>
石	パワーリング	コースターとして／他	・コーヒー、茶、ジュース、ビール、酒の味の改良と悪酔いの防止 ・竹酢を一滴加えてコースターにのせると醸造酒のような味になり悪酔い、二日酔いをしない ・肩、腰痛の改善 ・植木鉢の植物の活性化 ・生花の長持ち３～５倍 ・果物の酸味の除去（30秒） ・長時間置くと無味となる ・電池切れの腕時計を載せておいたら動くようになった ・使い捨てカイロに巻いたら３日間温かかった(3倍長くもった)

素材	商品	基本用途	会員報告、その他の用途＜効果＞
石	パワーリング	車などの改善に	・排泄物の匂いが消えた ・痛みが解消した ・精神安定機能 ・血圧の調整（高い人は低く、低い人は上げる） ・たばこの味の改善（10秒） ・たばこのタール減少　＊ただし長時間（10時間）置くと味がしなくなる ・車の内燃機関のエンジン種類により75%以上減少 ・燃費の改善、80～100%アップ ・穀物（米、麦、豆等）をふっくらおいしく炊ける（特に外米、古米、古豆などもやわらかく煮える） ・部屋の空気の改善と紫外線の吸収

第3部　資料・論文

◎論文－1（廃棄物学会発表）

鉱石塗料による使用済乾電池の起電力回復方法

1．はじめに

一般の乾電池は起電力が低下すると充電が行えないため廃棄物として処理されるが、そのリサイクルは外装を除去してから分解し、構成部品を分別して別々に回収する必要があるため大変手間がかかる問題である。外装に部分的な損傷がない場合、使用済と新品の乾電池がほとんど同じ強度であることに着目して、外装塗装することにより起電力を回復させる鉱石塗料（以下触媒塗料とよぶ）を開発し、その効果と有効性を確認した。乾電池はそれぞれ異なる内部抵抗をもっており、その内部抵抗は常に電気を消費する。起電力の低下が内部抵抗による損失を補うことができなくなると、電気を取り出すことが不可能となる。内部抵抗の増大は電池の化学的劣化に関係するとされており、その低減方法や起電力の回復方法については困難とされる。触媒塗料は、使用済乾電池に塗布することにより内部抵抗を小さくし、不活性化した電気化学反応を賦活（ふかつ）する作用を示すもので、乾電池の使用期間を飛躍的に延伸させることにより廃棄物の減量化に役立つものである。

２．実験と結果

廃棄された電池の回復実験

(1) 動かなくなった腕時計の電池の回復

腕時計の裏ぶたに、鉱石塗料を塗ったところ動き出し、約８カ月間正常に動いた。

８カ月後、1日２時間の遅れを認めたので約10時間宝石複合めっき板の上に置いたところ再び正常な動きを示し、10カ月経過中である。

(2) 豊田市市役所清掃部の御協力により収集された電池の払い下げを受け回復実験を行った。

図Ⅰのように外周部に５～10㎜幅に塗布したところ、それぞれに0.003～0.005Vの電圧上昇を確認した。

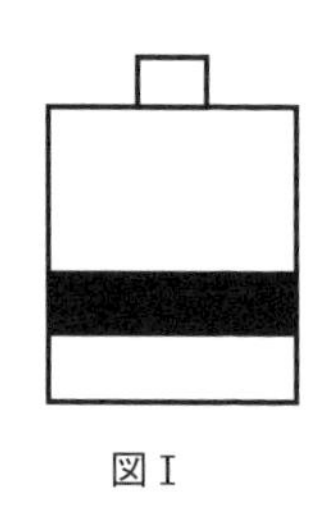

図Ⅰ

これをグラフで示すと図Ⅱのようになる。

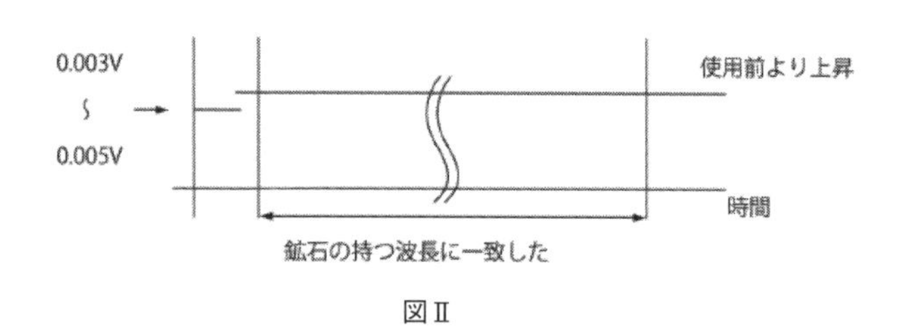

図Ⅱ

使用を続けたところ再び電圧上昇を認めた。

なお、複数の組み合わせによってリサイクルの短縮、有効時間の延長をはかるべく、その混合比もまた重要な要素である。

衆知の如くトルマリンは永久電極を持ち、これに増幅機能を有するものを加えることによって、

・増幅機能
・整流機能
・安定機能

を得られ、自己充電寿命化がはかられると考えられる。

(3) 電池消耗により動かなくなった電池カミソリの電池外面に塗布し、約20分後乾燥を待ってセットしたところ、動き出し毎日使用し6カ月使用していると報告が入っている。

(4) これを水道管の外部に塗布して通過水を調べると、

①界面活性効果
②防錆効果、除錆効果
③浸透分解効果

が認められたことから、電池電極の除錆、酸化、皮膜の除去、酸化皮膜の形成を少なくするのではないかと考えられる。この理由から自動車、船、ボイラーなどのエンジン冷却水のパイプに塗布することによって冷却水を通じてエンジンに何らかの効果を伝達するものと考えられる。

3．考察

鉱石塗料の主成分であるトルマリンの代表的な組成は、3{NaX3Al6 (BO3) 3SiO18 (OH9F) 4} X = Mg, Fe, Li…で示され、

その電気的特性、特に圧電性や焦電性は、永久磁石における永久磁極と同じように永久電極を有することにあると言われている。この電極は常温常圧では外部電場によって消滅はしない（永久電極）。この永久電極は磁石の自発磁化がキュリー温度で消滅するに対応して消滅すると考えられる。温度は最近の学会報告によると1000℃近辺とされる。

また、自発分極は、BO33 －とSc44 －の層とが、C －軸方向に交互に存在する。6員環を形成するSSc44 －が一方に配列するために極性をもち、自己分極を持つとされる。公開されたデータによれば10数ミクロン程度の薄い層で最高107（V/m）～104（V/m）の高電界が存在するといわれる。これらの表面に水などの極性分子が接触すれば大きな電気化学現象が起こると考えられる。

4．実用化

(1) 乾電池の再生

豊田市よりゴミとして収集された乾電池の払い下げを受け鉱石塗料の塗布処理又は鉱石シールの貼布により再生して公的機関への寄付を希望している（処理コストは1個約2円。これは公的機関の要請により中止）。

(2) 電池以外への鉱石塗料の実用事例

①自動車、船舶への実施例

自動車、船舶などのラジエーター、エンジン冷却水、管外部での施用によってエンジン排出固形物の減少（50 ～ 70％）有害芳香属数種類の30～90％の減少のほか、燃費も向上し特に船舶では、30～2000トンクラスのもので20％以上の燃費向上したほか排気ガスも大幅減少したとの報告を受け使用が拡大中である（漁船、観光船、大型フェリーなどのエンジンオイルがほとんど劣化せず10倍以上使用できるとの報告を受けている）。

②代替有機溶剤

トルマリンの電極効果により電解し、カソード面でのHの発生はあってもアノード面でのOの発生はない。また、HはH_2O分子と結合してH_3O^+（ヒドロニウムイオン）となることが知られている。また、これがヒドロキシルイオン（$H_3O_2^-$）となって界面活性を有するとされ水道水を有害な有機溶剤の代替剤として利用され始めている。これは、塗料（カタリーズ）として、または槽中投入用固形材（カタラ錠）として利用されている。

③排気ガスの浄化

④水素イオン電池

⑤外部電力を使わない電気めっき

⑥水の臨界水化

トルマリンを主として、その他宝石類などの天然石粉を添加した塗料を試作し、水道管外面に塗布し、通水したところ、ミネラルや植物、動物性の成分を溶かし、水道水の塩素臭を消すほか、自動車エンジン本体及び燃料、吸気、冷却水系統の外面に塗布したところ、エンジンの燃焼性の向上と大幅な煤塵濃度の低下が確認された。

また、この塗料を起電力が低下した乾電池の外側に塗布したところ、著しい起電力の回復効果が見られた。塗料と反応にかかわる成分とは、容器壁に隔てられて非接触であり、反応系に組み入れられる一般の触媒による効果とは異なるがいずれにしても塗料が流体や起電力に対して、何かの効果を及ぼすことにより、触媒と同様の効果が得られると推定される。

この塗料の特徴は非反応系と非接触があり、塗膜の耐久性が大きく外面のため塗装に伴う労力が少ないことである。また、塗装であるため形状や色を自由に選択することができる。

5．実施例

(1) 自動車のラジエーターの外側に約100平方cmの一層塗りでディーゼル黒煙50％～70％減少のほか、有害芳香属の減少を確認。

(2) 船舶エンジンの燃料パイプ、冷却水系パイプに塗布したところ、黒煙の減少のほか、燃費の大幅な減少（20％～50％)、現在数百隻の実績。大型フェリーにも利用拡大中である。

(3) 市の有害ゴミとして回収された乾電池（アルカリ、マンガン、リチウム、ニカド等どれでもよい）の外部の面積の10％ほど塗布し自己回復型再製電池として寄付している。新しい電池は、シール、メッキによる寿命延長によって、廃棄物として出す量を大幅に減らすことを目標としている。

(4) 工業炉の燃焼効率の改善（8～10％)

(5) 工業用の改善（代替フロン）

(6) 農業用水の改善（減肥増収30％～50％）

市販の塗料に、セラミック粉、金属粉などに添加したものもあり、またのめっきにもテフロン粉、セラミック粉、ダイヤモンド粉などを共析させたものもあるが、いずれも耐食、装飾などの物理的機能を目的とするものであった。

しかし、触媒といった化学的機能を主眼とした点に新規性と独創性があると考えられる。

また、外面に処理するといった、非接触であるために、機能の永続性と経済性作業の容易性がある。

本技術の経済社会へのインパクトとしては、

①脱脂用有機溶剤の代替、及び金属表面処理の大幅な工程短縮

②起電力の向上による、自己発電型永久電池への展開

③燃焼効率の改善と、排気ガスの再燃料化への展開

④有害ガスの発生の減少

経費節減、環境浄化など多大な効果が期待できる

⑤交通手段としての動体（自動車、船、電車等）の外装による有害ガスの分解への展開

当該テーマに関し、国内外に報告されたものは認められない。

6. 応用実例化

(1) 鉱石粉複合めっき

金属めっき液中に鉱石粉を懸濁させてめっきすることによりめっ

き層中に鉱石粉ができるのが共析めっきであるが、これは塗装に比較して効果も高く有効性は優れているが、コストの面、作業性の面から塗料より利用が限定される。それでも、電池への応用、エンジン周辺部品への応用としては非常に有用な分野である。

(2) 鉱石すき込み和紙

鉱石すき込み和紙は塗料と同じ使用効果があるが家具、壁紙として利用すると室内の消臭、除臭に効果があるほか、衣服につけておくと肩こり、腰痛に効果があったとの報告を受けている。

(3) インク、接着剤

インクや接着剤に鉱石粉を混合したシールを貼布することにより、塗料同様乾電池の回復に効果がある。

(4) プラスチックへの混練

プラスチック部品への混練することによりバッテリー外容器、その他水槽内の水の改質に効果が認められる（代替有機溶剤、脱脂槽として)。

◎論文－2（未踏科学技術国際フォーラム発表・また、論文―1の英訳）

Reviving Batteries by Mineral Coating

Toshiji Takaki
Takaki Tokushu Kogyo Co., Ltd.
20 Inariyama, Hirota-cho, Toyota 473, Japan

KEY WORDS: Catalytic Coating/Battery Restoration/Tourmaline

ABSTRACT

By applying a coating into which various powdered minerals, including primarily tourmaline, have been mixed to the exterior of a dry cell battery which have lost its electromotive power and can no longer be used again. Such coatings are called catalytic coatings.

INTRODUCTION

Generally, a battery immediately becomes waste, when it runs out of electromotive force because it can no longer be charged. The problem is that recycling takes much work; after removing the container, it must be disassembled and the components sorted out for separate collection. When there is no apparent damage to the container, both used and new battery containers are of almost the same strength. Keeping this point in mind, we developed a mineral coating (hereinafter referred to as catalytic coating) to coat the container and restore electromotive force and tested it for effects and performance. Each battery has a different inner resistance, which always consumes electricity. When lowered electromotive force can no longer make up for the loss due to inner resistance, loss of electromotive force results.

Increased inner resistance is considered to relate to chemical deterioration. Moreover, decreasing the inner resistance and restoring electromotive force are considered virtually impossible. By applying a catalytic coating to a used battery to lessen this inner resistance, a deactivated, thereby dramatically extending the battery' s service life. This will serve to reduce the volume of waste.

TESTS AND RESULTS

Restoration testing of discarded batteries

(1) Battery in inoperative wristwatch

When the mineral coating is applied to the back of a wristwatch, it started to operate, working normally for eight months. Then, it began to register two hours' delay per day. It has been operating normally for 10 months now since it resumed normal operation after being placed on a jewel composite plate for about 10 hours.

(2) The restoration test was conducted with dead batteries collected

by the Sanitary Dept. of Toyota City Hall. When the mineral coating was applied to a 5-10 mm strip on the battery outer surface as shown in Fig. 1, a 0.003 to 0.005 to 0.005V voltage increase was observed. It is plotted as shown in Fig. 2.

Repeated applications resulted in another voltage increase.

Depends on wavelength of mineral

Reduction of the cycle length and extension of effective time are achieved by combination of various mineral coatings, the mix ratio being a very important factor. As is well known, tourmaline has a permanent electrode. Adding something with amplification function to tourmaline results in remarkable amplification, commutation and stabilization functions, enhancing the self-recharging capacity leading to longer service life.

(3) Having applied this coating to the outside of a dead battery from an electric razor and drying it for about 20 minutes, the razor became operable; it has been in daily use for six months now.

(4) When applied to the outside of a water pipe, the water passing through the coated pipe shows surface-active, corrosion removing, penetration and dissolution effects. Thus, it is considered to remove corrosion and oxidized film of the electrode and reduce formation of oxidized film. For this reason, the coating is considered to bring some good engine effects through water coolant duct pipes in car, boat, and boiler engines.

DISCUSSION

The major component of the mineral coating is tourmaline. Its composition is typically indicated by 3{NaX5Al6(BO9) SiO18(OH9F)4} X=Mg, Fe, Li··· Its electric characteristics, especially piezoelectric and current collection, are said to have a permanent electrode just as in the permanent electrode in a permanent magnet. This electric pole will not wear away due to the outer magnetic field under normal temperature and atmospheric pressure) permanent electrode). A recent scientific report indicated that this permanent electrode disappears at around 1000 ° C just as the magnet loses its spontaneous magnetization at Curie temperature. As for spontaneous polalization, the BO88-layer and Sc44-layer exist alternatively along the C-axis. Sc44-, which is said to be hexahedral, when arranged in one direction, has a polarity leading to self-polarization. According to data made public, a thin layer of around 10 odd microns possesses a high electric field of 107(V/m)-104(V/m). When a polar molecule such as water touches the surface of these layers, a great electrochemical effect is supposed to result.

OTHER APPLICATIONS

(1) Mineral power composite plating

This is a eutectic plating where mineral powder included in the plated layer by plating with mineral powder suspended in the mineral plating liquid. This is much more effective and useful than coating, but its application is more limited in view of cost and workability. Batteries, engines and their perpherals are considered to be very good areas for application.

(2) Paper and cloth made with mineral

The mineral powder has the same application effect on paper cloth as with the coating.

(3) Ink and bonding agents

Restoration of batteries as with the coating was demonstrated by mixing mineral powder with paper or cloth into ink or bonding agents.

(4) Mixing with plastics

(5) Mixing with metals

Other applications using substitutes for coating are conceivable for practical use.

(6) Application example 1

If this coating is applied to the exterior of the plating tank, and electroconductive materials are put into a solution for electroplating such materials as gold, silver, bronze, nickel, or chrome inside the tank, then these metals can be non-electrolytically plated at room temperature, without passing electricity through the solution.

(7) Application example 2

If this coating is mixed with metal oxide and applied to the exterior of a polypropylene container, and metal pieces are placed inside, the target metal can be plated at normal temperature and pressure.

＊以下、論文-1には無い、未踏科学技術国際フォーラム向けに追加した英文

On a spring evening in 1995, one of the members excitedly reported that the dry cell battery recharged when catalytic paint was applied.

This is a report on a experiment using paint mixed with gem dust distributed to around 100 members to check on how to use it and the results in reducing harmful auto fumes and the improvement of water quality. The reduction of CO_2, NOx and diesel fumes was confirmed, and the study on the recycling of dry cell batteries started then.

Restoration of the battery' s electromotive force is as described in my paper, to which the recent experiment results should be added as below.

1) Application of the catalytic paint to the outside of the container leads to possible production of the fuel cell by extracting hydrogen from such compounds as petroleum, alcohol, water, etc. to be used as fuel, through it may be more appropriately called a 〝hydrogen ion cell〟 than a 〝fuel cell,〟 because it is an ion cell with the plus ion concentrated in the inner electrode for discharge with the minus ion. In this case a composite or alloy consisting of carbon and different metals has been found to be a better accumulator than a pure metal conductor. Also, better results are obtained when animal digestive enzyme is added to hydride liquid together with sodium

chloride and sodium sulfide, because such enzymes can turn both water and oil to water soluble absorber.

2) Addition of chloride or metal compound such as metal sulfide to the solution makes the hydrogen and mixed metals discharge onto the plate, thus enabling electroplating without an electric charge.

3) Stirring water in the container coated with this catalytic paint is confirmed to make a certain kind of resin soluble in water as well as make the water and oil mixable at an optional rate.

(追加分の訳文)

1995年の春の日の夕方、「触媒塗料を塗ったら乾電池が回復した」と、メンバーの一人から弾んだ声で報告が入った。

・車の有害排気ガスを減らす

・水の改質

を目的に約100人のメンバーに、使い方及び結果の確認のために配布した鉱石の粉体を混ぜた塗料を使って実験して頂いたところ思わぬ結果の報告であった。CO_2、NOx、ディーゼルスモックの減少は確認されていたが、乾電池起電力の回復する事については、この時から実験が始まった。

乾電池の起電力の回復については、論文の通りであるが、最近の実験の結果について付け加える。容器の外面に塗布することにより、

①石油、アルコール、水など水素分子を有する化合物より水素を分離して水素を燃料とする燃料電池（むしろ水素イオン電池といった方が適切かもしれないが)。何故ならば、水素の＋イオンと－イオンを分離し、＋イオンを内部電極に蓄積し、放電するイオン電池と考えられるからである。この際の電池は純金属導電体よりも、カーボンや異種金属などの複合体又は合金の方が蓄電率が高いことが確認された。また、水素含有液に塩化ナトリウム、硫酸ナトリウムなどと動物性消化酵素を加えるとよい効果が得られた。何故なら動物の消化酵素は、水も油も水溶性吸収可能体にすることからも想像できるはずである。

②溶液に塩化物、又は硫化物金属として金属化合物を入れれば、水素と共に混入金属を極板に析出させ電荷を与えずに電気めっきが可能となることが確認できた。

③この塗料をコーティングした容器の中に水を入れて撹拌した場合、水、油が任意の割合で混合できるほか或る種の樹脂も水に溶融できることを確認している。

以上のように触媒塗料は起電力の回復のほか発電力に近いものが考えられる。

水素イオンバッテリーと二重層キャパシター家電装置（東博士試作品）

◎論文－3（進藤富春氏特別寄稿）

（故進藤富春氏から生前、寄稿頂いたもので、コイルによるレアメタルの代替技術と考えられる）

単極磁石（モノポール磁石）

1．従来の磁石

従来の磁石は双極磁石、即ち、ダイポールマグネットであり、図の様に必ずN極（北極）とS極（南極）があって、元々の磁力の値が同じものを言う。

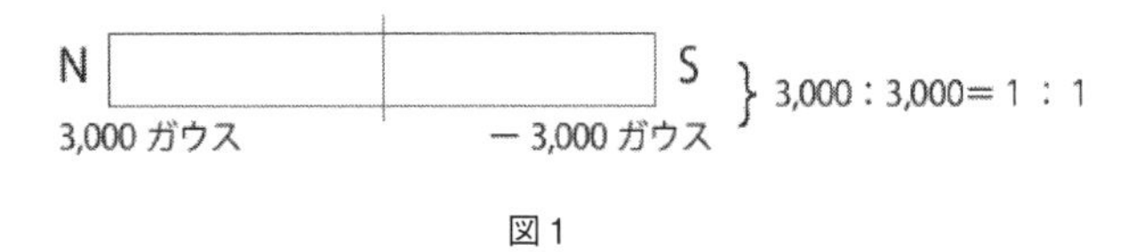

図1

つまり両極とも磁力の値の比率が1：1（1対1）である。即ち、N、Sがバランスしている。

2．モノポール磁石

これは宇宙の誕生時創出されたとして空間に遍満として無限に夫々NはN、SはSとして独立して単極子として存在し従ってN単極子とS単極子とがあって、全ゆる物質の大元で超極微小粒子として存在している。

その質量は10^{-88}グラムと算出されている。又この粒子は超光速粒子でもあってその速度は光速（30万㎞／秒）の１億倍とも１兆倍とも言われている。

以上の事柄をDr.ビレンキンが正確には不明であるが、1957年頃計算上予言をしたのである。従って我々は彼の研究を誉えて、俗に磁気単極子をビレンキン粒子と呼んでいるのである。

さて、先に私は磁気単極子（モノポール）は非常に微少で全ゆる物質の元（素粒子の元の元）であると言ったが、これは人間の体も、水も空気も土も鉱物も、即ち肉体も精神も地球も惑星も、銀河も、アンドロメダも、全宇宙も、小さく言えばバクテリアもウィルスも全部この磁気単極子からできているのである。

今、世界中の物理学者が、この磁気単極子、即ちモノポールの姿を捕らえようとして手を尽くしているが、残念乍らまだ捕らえられずにいるのが現状である。

究極の微細粒子であって、粒子であるが故に周波数があり波動があまりにも高いが、目にする事は全ゆる機器を用いても不可能だからである。

又全宇宙、全物質の波動の根本波動（基本波動）はこの磁気単極子の波動であって、粒子や物質が大きくなるに従って波動が下がって低くなりその質量も大きくなってくるのである。全て整数分の１。例えば気功で言う、気はやはり微小粒子の一種であると言われており、ビレンキン粒子の質量が先に述べた10^{-88}グラムに対し、10^{-44}グラム位であろうと推察される。つまりビレンキン粒子が何個か集合したのが一粒子となったのが気であろうと思われる。それからテレパシーや又念じる時の念波、瞑想時の瞑想波等もこの部類に入るのであろうと思われる。

従ってこれ等も超光速粒子であって光速（30万km／秒）より速い事は確かである。

そのためテレパシー通信等はどんなに距離が長くても例えば月や大星上に立っている人にでも地球上から瞬時に（電波より早く）通信できるのはこのためである。

私は先にビレンキン粒子は全ゆる物質の根源であり究極の微粒子でその質量は10－88グラム、しかも超光速粒子でその速度は光速（30万km／秒）×1億～1兆であると言ったが、これは物理学上非常に重要な事である。

物理学では、物体（粒子）の速度が光速に近づくに従って段々と時間の流れが遅くなり、やがて光速と同じ速度になるとその物体内の時間が停止する。

そしてもっともっと速度を上げてやがて光速を突破（超える）すると時間は反転し、その速度突破の比率によって過去へと流れ始めるのである。

例え話に、まだ実現は不可能ではあるが、或る人物が、光速と同じかやや早いロケットに乗り込み、宇宙旅行をして何日かたって地球に戻って来たら、ロケット（宇宙船）内の何日かが地球上の時間で何十年かたっていて、自分の家族はおろか、知人友人までがこの世を去っていて、自分だけが宇宙船に乗込んだ時のまま若かったなんて言う笑うに笑えない事が起こるのである。浦島太郎の物語も、これによく似た話ではある。

さて、こう見てくるとビレンキン粒子は（1）全物質、精神（心）の波動の根本であり、基本である事、（2）又この粒子は光速×1億～1兆の超光速であるため時間の停止からやがて反転して遠い過去へ時間が流れて行く事、の２つの重大な事実があると言う事だ。

人間や動物、虫に至るまで夫々化学的に分解、分析して行けば何十兆個と言う細胞の集合体であり、尚も分割して行くと元素の膨大な数の集合体、つまり化合物である事が解るであろう。

元素もつきとめて行くと原子と電子、原子と電子は素粒子に、素粒子は先に述べた磁気単極子つまりビレンキン粒子で究極の根本粒子である事は前に述べた。

従って全ゆる物質の波動の根本はこのビレンキン粒子の発する波動が基本であるとも言った。

今ビレンキン粒子が仮に数百億個、凝縮して素粒子になったとすると、素粒子の波動は数百億個の夫々のビレンキン粒子の波動が合わさった合成波の波形波動である事が解るはずである。

これと同様に素粒子の波動が又膨大に集合した合成波を発するのが元素であり、元素同士が何個か集合したのが分子あり、これも夫々の元素の波動の合成波であって、その分子の固有の波動であり、その振動数も又固有の周波数でもある訳である。

例えば、分子式が一番単純な水、H_2O について見てみよう。

水は＋１価の水素原子２つと－２価の酸素原子１つと電気的にバランスのとれた化合物分子である事がわかる。水は一見何の変てつのない透明な液体であって、元素である。水素の性質も、酸素の性質も全く持たない化合物である。

しかし酸素の波動と水素の波動の合成波を持つのが水である。

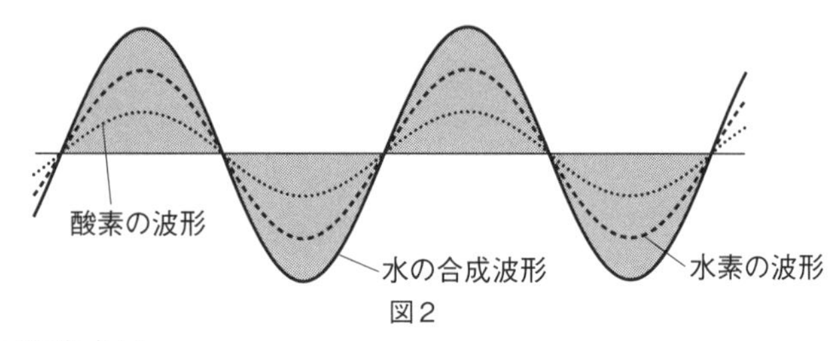

図2

水の構造式は

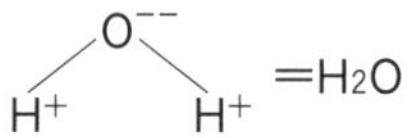

$$\overset{O^{--}}{H^{+}\quad H^{+}} = H_2O$$

図3

である。

結局元素の化合とは、夫々の元素の波動が重なり合って合成波動を形成する事と言っても過言ではない。つまり形成された合成波が、その化合物の固有の波動、波形である。

この中には水の合成波形を持ちながら、波動が非常に弱く、水になり得ない水も空間には存在するのがこの事は生命の神秘に重大な意味をあたえるが、ここではふれず、後に述べる事にする。

私がここまで言えば次の事は皆さんは容易に御理解頂けるであろう。

つまり、人間も、動物も、虫も、植物も、先に説明した水のように、水は最も単純な化合物であったが、膨大な複雑な元素の化合物である分子の集合体であるのが、我々人間、動植物、虫、鉱物であって先述のように、ビレンキン粒子の基本波動から始まって、夫々固有の波動を持っているのである。

人間であっても、夫々大きいもの、小さい者、又人種の違い、その人の心の状態、身体の状態によって宇宙から与えられた規律をもって固有の振動数の波動を持っているのである。

この一定の夫々の波動が狂う要因があってその者固有の波動に狂いが生じると、その者は病気になったり、災難に合ったり、死に至ったりするものと確信するのである。

ビレンキン粒子の特徴について私は２つの重大な事実を述べた。

即ち、

①ビレンキン粒子の波動は全ての波動の根本基本であり、この基準波動の比例分の１で夫々の固有波動を持つ事

②ビレンキン粒子、全宇宙創造物を構成する究極の微細粒子で超高速で光速×１億～１兆の速度を持ち、それ故に時間が反転していて過去に遡って流れている事

の２つである。

私はビレンキン粒子のこの２つの特徴から見て、もしビレンキン粒子を捕捉は不可能としても呼び寄せる事ができれば広範囲にわたって応用の可能性があると直感したのである。

ビレンキン粒子を先に述べた広大な空間からどうやって呼び寄せるのか？　永い間研究が続いた。

先づ呼び寄せるにはビレンキン粒子のＮ又はＳの反対の物が必要であるが、その当時（約25年位前）としては、先に述べた、１の従来の磁石しか無くＮとＳの磁力が等しくバランスしている(図示)のでどちらも呼び寄せる事ができない。

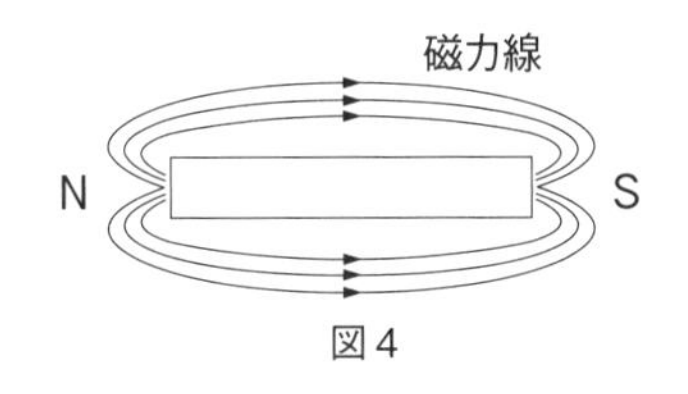

図4

そこで永年の試行錯誤の末、約３年前完成させたのが次に述べる、疑似磁気単極磁石、即ちセミモノポールマグネット。別名ビレンキン磁石である。

３．疑似単極磁石（セミモノポールマグネット）
別名、ビレンキン磁石

先に私は従来の磁石は両極の磁力の値が等しいのでバランスしていると言った。そのために宇宙空間に無限に遍満と充満している。いわば宇宙エネルギーとも言えるモノポールつまり磁気単極子の反対の物、即ち、地球上の磁石のＮであればＳモノポール、Ｓであれば Ｎモノポールを地球上に呼び込む事は不可能だったのである。

そこで私はこの地球上ではＮならＮだけ、ＳならＳだけの独立したモノポールの磁石を造れれば尚良いのだが、先づ不可能と考えねばならない。

単独ではできないとしてどうするか、試行錯誤が 20 年間の永きにわたり続いたのであるが、私はその間モノポールを含んだ磁石、つまりＮ、Ｓ両極の磁力の値が異なる磁石又は一本の棒上にＮ、Ｓ、Ｎ或いはＳ、Ｎ、Ｓの３極を有する磁石の制作に没頭したのである。

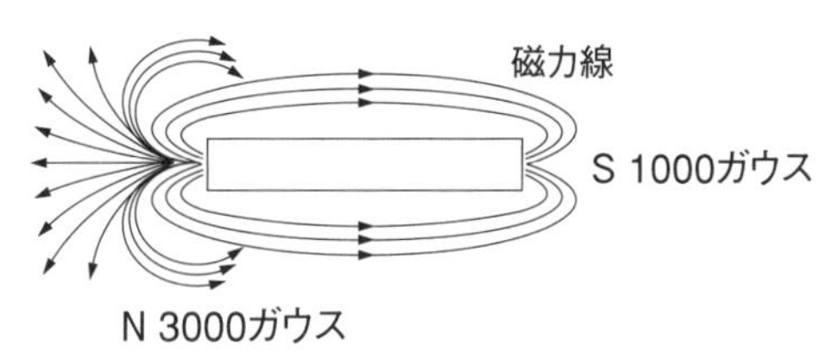

図５

3000：1000 ＝ 3 対 1 。3 − 1 ＝ 2N 余っている。

この余っているモノポール分とみなす事ができる。

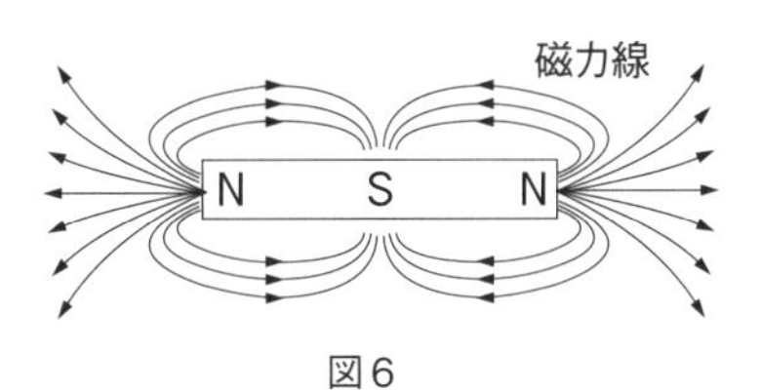

図6
N 3000 ガウス：S 1000：N 3000 ＝1対1対1。
ここでは1N余っている。

その結果3年前図の様な疑似モノポール磁石、即ちビレンキン磁石が完成した。これは世界初である。

図5ではNが2つ余分にあるから、この2Nはモノポールであるとみなす事ができ、空間にある反対のSモノポールをこの分だけ呼び込む事ができる訳である。又、反対に逆の極性の磁石も制作可能であるから、2S余分であればNモノポールを呼び込む事が可能である。

図6では3極つまり、N－S－N又は逆にS－N－Sの磁石で前者は1N、後者では1S完全に余るので夫々がモノポール分とみなせて夫々反対のモノポールを余ってる分だけ空間から呼び込む事が可能である。

ここで最も大切な事は磁石両極の磁力の値が異なっていて、又は3極で1極が全く余っているか。つまりアンバランスでなければ空間のモノポールを吸引する事は不可能であると言う事である。従って通常の従来型磁石では絶対吸引は不可能だと言う事である。

この世界に唯一のビレンキン磁石で空間からモノポールを呼び込む事ができるようになったから、次にその応用技術を述べようと思う。

4．応用編

（1）モノポール磁化水

別名、ネゲントロピーウオーター（ネガティブエントロピーウオーター）又の名 Dr. ビレンキン

①通常の水の説明

水は分子式 H_2O であって、正の電価１価を持つ、水素元素２個と負の電価２価を持つ酸素元素１個が前述の様に結合している化合物で元素の水素の性質も酸素の性質も全く持たない透明な液体であって、水素の波動と酸素の波動と合成波動を持つ性質である事を述べた。

水分子１個は図の様に電気的に正、負が全くバランスした一本の棒磁石の様である。

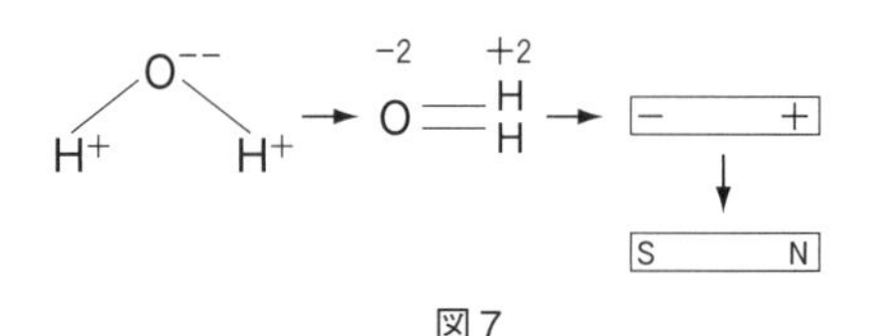

図7

この両端に＋－を均等に持つ棒の両端にＮ極、Ｓ極を棒に近づけると－の方はもう一方のＮ極へ、＋の方はＳ極に吸引され、又逆であれば反発される。と言う事は電気の＋－と磁気のＮ、Ｓは同一と見なしても良い事は御理解頂ける筈である。従って水は１分子単位の大きさの両極にＮとＳをバランス良く持った微小な棒磁石の集団であると見て良い。つまり下図の様である。

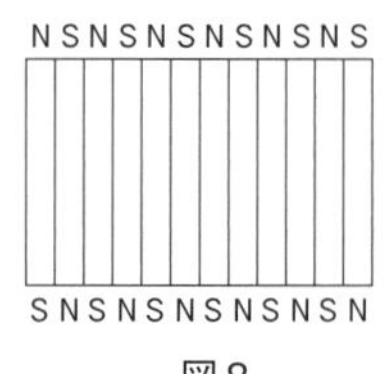

図8

然るにここで言える事は分子の配列があたかも録音テープの様にN－S、N－S、N－S……と連続している。したがって水は記憶素子であると言える。良い事も、悪い事も、実際に記憶しているのである。

水はこの世で最も単純な化合物であって何処にでもあって、周囲に水があるのは当たり前だと思っているのであるが、良く考えると水ほど貴重なものはない。

水のない生活なんて考えられないのである。汚水は種々汚い物を抱えているが、これが蒸発すれば汚物は残すが純水となり雨となって降ってくれば皆さんはきれいな水となって来たと思うだろう。しかしさにあらず見た目はきれいで透明で不純物は含んでいなくても、汚水の時点の悪い記憶を持っていてつまり水本来の持つ波動が乱れていて、クラスター（分子集団の事）も非常に大きいので人間、動植物にとっては決して良い水ではないのである。

但し降水時、浄化力の強い所、つまり汚染されていない森林の様な宇宙の規律に基づいた正しい波動のある処にたどりついたり、又これも波動の正しい地中をくぐり抜けた水は良い記憶を入れ替えられて、水本来の正しい波動と正しい分子配列を持った水として蘇生してくるのである。したがって水は必要以上に汚さない事を心に決めて使用する事が肝要である。

又、人体の大切な細胞（その数は60兆個とも80兆個とも言われているが）を構成するのは体重の約70％が水分であると言われ、又、人間は１日に約２リットルの水を飲み、又排泄している事を見ても何如に水が大事な物であるかうかがい知る事ができる。

今迄は一般の水について述べて来たがこれはモノポール磁化水を

理解頂けるよう、普通の水とモノポール磁化水との決定的な違いを説明するための予備段階だと考えて頂きたい。

次にモノポール磁化水の構造とその働きを述べようと思う。

②モノポール磁化水（Dr. ビレンキン）

先に通常の水についての構造と性質を図７、図８で説明したが、ビレンキン水は次の図の様になる。

通常の水は図７、図８で先に説明したように分子は水素原子（正電価１）２個と酸素原子（負電価２）１個との結合体であって１本の棒の両端が＋、－バランスしていて、あたかも棒の両端にN、Sを等価にもった棒磁石と同様でその集団である事は事実である。

その集団模式図は図９のBの様である。今、この水分子集団に図９Cの様なモノポール磁界をかけたとする。

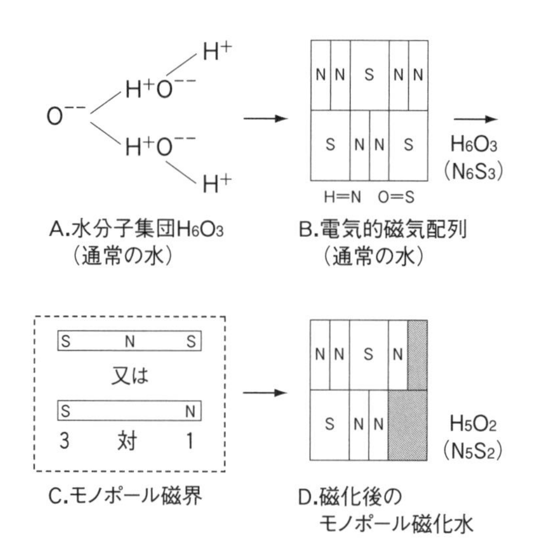

図９

この磁界はＳ３：Ｎ１となっている。このため、水分子中のＳ（図９のＢの右端の部分）はモノポール分のＳ（図９のＣ）に反発され時間の経過と共に居場所を失いＳは酸素であるから１部離反して行くことになる。やがてＮ１個分もモノポールの小さいＮに反発され出て行く事になり、結果図９Ｄの様に右端の２Ｓと１Ｎ抜けた状態になり分子式ではH_5O_2という水になるのだ。本来ならば$3H_2O = H_6O_3$又は$2H_2O = H_4O_2$なのだが結果はH_5O_2となるのである。

③通常の水とビレンキン水の違い

Ａ．通常水より酸素が不足していて、水素が多い。(活性水素)

Ｂ．従って通常の水が完全に還元された還元水であると言う事

Ｃ．ビレンキン水はその構造から見て、モノポール磁気を完全に記憶していて、その構造自体がモノポール磁石そのものである事。

Ｄ．従ってビレンキン水は常時宇宙空間からビレンキン粒子を大量に呼び込んでいる事。

Ｅ．故にこのビレンキン水を飲用するとその分だけ、体内の旧水分は排泄され体内の隅々迄行き渡るからその結果身体全体にビレンキン粒子を呼び込むので、粒子が通過する箇処は先にも述べた通りビレンキン粒子は超高速粒子であるから過去の場に曝されるので各細胞が過去に戻ろうとして活性化され、新陳代謝も促進されて悪い箇処は治癒し、又、病気等になりにくい身体を造る。

Ｆ．ビレンキン水そのものであるから、ビレンキン粒子の正しい波動を持っているので飲用することによって、人間、動植物の波動も正常にする事ができる。

G．ビレンキン水は先にも述べた様に還元水であるから、飲用する事により、体内の活性酵素つまり老化も癌の発生も全ゆる病気の元は細胞がこの活性酸素に酸化されるからだと言われているが、この活性酸素を還元水の水素が取り込み消してくれる、従ってビレンキン水は抗酸化水でもある。

等々である。

次は応用編（2）としてビレンキン磁石の人体への応用を述べる。

（2）ビレンキン磁石の人体への応用としてのセラピー（施術）

先に宇宙空間からビレンキン粒子、つまり磁気単極子を吸引、呼び込むためには通常の磁石では両極が同一磁力の値であるので（バランスしている）不可能であった。

そこでモノポール分を含んだ、アンバランスな磁石、即ち、疑似モノポール磁石、図5、又は図6を造ってそのN、S、どちらか余っている極性の反対の磁気単極子（ビレンキン粒子）を呼び込まれて来る時にはその速度は光速×1億～1兆で、時間は反転していて過去～過去へと遡っている事も述べた。

又、全宇宙の物質の根源の粒子であってそれ故に宇宙の規律に基づいた正しい波動を発していて、全ゆる物（動植物含）の波動は、このビレンキン粒子の波動を基準にならってその合成波を夫々の固有波動として持っている事、波動とは粒子が周波数と振巾を持って流れる事でエネルギー波である事。

又全て、化合の際、化合物を構成する原子波動、分子波動が重なり合って、その合成波が化合物固有の波動である事、などであった。

古来東洋医学では、人体には経絡（けいらく）と呼ぶ生命を維持するための、身体の機能を正常に保ち続けるのに必要なエネルギー（波動とも言える）が間断無く絶えず循環する通路があり、このエネルギー波動が身体の隅々迄行き渡って流れ続ける事によって生命は保たれていると考えられている。

従ってエネルギー波動が何かの要因で狂ってしまったり、又通路（エネルギー波動）の機能がうまく作動せず、エネルギーが届かなかったりすると病気を引き起こす事になる。

又、捻挫とか、突き指とか、打撲とか、或いは切り傷、等、怪我類の場合は細胞が破壊してしまい必然的に波動が狂い痛んだり苦しんだりするのである。

これは余談になるが、拙宅の台所で女房が夕食の支度にいつものように取りかかっていた或る日の夕方、小さな叫び声を発し台所より走り出て来てコップにビレンキン水をくみとり、左手の人差し指の先端をビレンキン水につけたではないか。

私はびっくりして、台所から居間のコップの乗っているテーブルを見やると点々と血がしたたっているではないか。どうやら、刺身を調理している時に包丁で誤って指を切ったらしい。次の瞬間指をつけているビレンキン水の入ったコップを見て私は二度びっくり。何と普通の水ならば血が溶けて真っ赤になっているはずなのにビレンキン水は透明のままでコップの底にはおたまじゃくしの様に尾を引いた赤い小さい玉が沈んでいるだけではないか。ポットンと先程迄、ボタボタとしたたっていた血が止まっていたのである。

その間、20～30秒間位だったと思う。そのまま指をつけておいて約１分位して指をあげて見ると何と傷がふさがってくっついて完全に出血が止まっていた。普通指先の切り傷は２～３日はづきづきと痛むものであるが、その瞬間から痛みも無いと言うのである。包帯もいらないと言うのである。

この様な信じられない事が遇然に起こったのである。

この事はビレンキン粒子の波動によって破壊された指の細胞の波動の狂いを修復すると同時に破壊された箇処がビレンキン粒子の過去の時間帯に曝され過去に戻ろうとして活性化され修復したものと思われる。

この事は怪我して直ぐだったから修復が早かったと言える。

怪我又は病気が起こってから相当の時間が経過している場合は、狂った波動の修復と細胞を過去へ戻すのにもそれ相当の時間を要すると言う事である。この事は私の理論通りビレンキン粒子の偉大な働きを今更乍ら知ると同時にビレンキン磁石とビレンキン水を使う施療は怪我でも病気でも一刻も早い施療がより有効である事がわかる。

ビレンキン磁石で人体を施療するには症状によって様々であるが、人体の経絡上にあるツボ、一説には2000とも3000あるとも言われている。いわゆる経穴であるが、全部覚えるのは専門家ではないので無理と言うものである（よけい覚えるに越した事はないが）。

従ってツボの本でも見て頂いて肝腎なツボを何ヶ処か覚えれば良い。

肝腎と言えば一番大切なと言う意味で人体の各臓器はどれも大切だけれども最も大切な臓器は肝臓、腎臓だと言う意味である。何れにしても、肝臓、腎臓、胃、肺、心臓、小腸、大腸、膀胱、膵臓、脾臓等のツボを覚えると良い。

又、人体の狂った波動を修復し人体にビレンキン粒子エネルギーを注入するツボは３ヶ所あるが、これを覚えると良い。

その第１ヶ所は百会（ひゃくえ）と言って鼻の線をまっすぐに頭上へもっていき、更に両耳の穴の線を側頭部からまっすぐ頭上にもって行き三線の交わった交点の所。

第二は尾底骨の先端、長強（ちょうきょう）と言う。

第三は湧線（ゆうせん）と言って足の裏の中央より少し前で、５本の足の指を曲げるとくぼむ所で親指の隣の第２指と第３指の間のへの字形のくぼみの内側の所。

アマチュアの人は大体これ位覚えておくと良い。

いずれにしてもビレンキン磁石施療の基本は先ずはビレンキン水を飲んで頂く事である。

次にビレンキン磁石のアンバランスの場合は磁力の強い端を、３極の場合は両極同極であるのでそのどちらか一方の強い方を患部にあてて指圧の要領で押し乍ら痛みがとれるまで、もむ事である。相当痛みが強くても長くて２分間位すると痛みはなくなるはずである。

痛みが無くなった時はそこの患部は修復し癒されたと言う事である。痛みがなくなるメカニズムは簡単である。

①先ず患部にビレンキン磁石を押しつけると反対のビレンキン粒子が空間から超光速で突進して来る、この時壁があろうが何があろうが突き抜け、患部を通過しビレンキン磁石に絶えず吸引され続ける。

② 結果、患部は例えば昨日迄は痛くなかった訳である。患部は過去の時間帯に曝され続け過去に戻ろうとして活性化される。

遂に元に戻るのである。

③同時に波動を修復しつつ、ビレンキン粒子エネルギーは体内へ流入し続ける。

④傷や痛み苦しみは細胞がそこだけ多く活性酸素に酸化されているからである。

体調が悪い人の体液が酸性に傾いているのはそのためである。そこで押しあてられているビレンキン磁石のSが、先にも述べたが、－であり、酸化している酸素も－であるから反発されて酸化の鎖がやがてほどけて酸素は消える。

以上、この４つの働きで痛みがとれて修復する事が理解できるであろう。

（3）ビレンキン磁石の形状と使い方

①寸法　A．直径15mm、長さ25～30mm

　　　　　磁力1500ガウス：500ガウス

　　　　B．直径30mm、長さ75mm

　　　　　磁力３極S（2800ガウス）、N（2200ガウス）、

　　　　　　　　S（2800ガウス）

　　　　C．直径16mm、長さ30mm

　　　　　磁力S 3800ガウス、N 1000ガウス

　　　　D．直径26mmの玉状のもの

　　　　　３極各1200ガウス

これはくるみのように２ヶを手のひらでもてあそぶ事によって指のシビレ、ひいてはボケ防止に良いとされている。商品名はキクマグと言う。

以上の種類がある。

Ｂについてはサイズが丁度手で握りやすいので手で患部にあてて施療しやすい。

Ａ、Ｂについては私の処では電動バイブレーターにとりつけて施療をしている。患部に押し当て、もむには振動を与える事でより効果があるからである。

②ビレンキン磁石を用いた施療法、別名レセル療法

「レセル」とは「霊（れい）、聖（せい）、留（る）」或いは「麗（れい）、聖（せい）、留（る）」と表し、つまり霊聖の留まる所、或いは麗しい聖の留まる所であって、万物の根源で万物の基本波動を持つ磁気単極子ビレンキン粒子が意識、意志の世界をも司っている事を今迄の数々の説明で理解できればこの大宇宙の根源、大元である事もうなずけるであろう。

我々はこの愛に満ちた磁気単極子様が、この宇宙空間におわしますからこそ計り知れない恩恵を賜る事ができるのである。

この事から我々はこの偉大なものを単なる物理用語で呼ぶのではなく、畏怖、畏敬の念をもって御尊祟申し上げて「レセル」様と位置づけてお呼びしても良いと思う訳である。

精神的解釈としてである。

即ち物理的探求解釈としてつき詰めてつき詰めていくとその振る舞いは物理を超えて、最高霊格としての「レセル」に行きつく事になる。

以上の事を念頭に置いて、施療にあたっては、相手の親身になって、又自身は良心をもって真摯に事に当たらねばならない。

従って、今後施療に関してビレンキン療法とは言わず、レセルの知恵を頂くのだから、レセル療法と呼ぶ事にする。

次に病気や怪我の種類は数々あるが、ここでは最も身近に起こり比較的簡単な症状別施療法の概略を述べる。

①シミ、ソバカス、小ジワ等で悩む――いわゆる美顔造りのレセル療法

先ずビレンキン水を飲んで頂く事である。朝、昼、晩、グラス1杯ずつで良い。その時、その一部を手のひらに取ってアスリンゼンのように両手でビレンキン水をよくなすり込むと良い。

そのあとは先に述べたキクマグ（ビレンキン磁石）を顔中、万遍と転がすようにする。5分間位で良い。

②視力回復のレセル療法

ビレンキン水を飲む。朝、晩、グラス1杯ずつで良い。

その際ビレンキン水を湯飲み茶わんのような小さな器にとって片目ずつ瞼ごと水の中に入れてパチパチ瞼を閉じたり開けたりを5～10回くりかえして軽くふく。つまり目の洗浄である。最初しみるが、慣れてくるとしみなくなる。あとは就寝前キクマグの丸い印のある所を瞼に当て（両目）約10分位テープか何かで固定する。

以上の事を毎日続けると良い。

③肩こりに対するレセル療法

ビレンキン水を飲む事は勿論である。肩の頂上部分の鎖骨の最も絡点部のへこんだ所を基点にバイブレーター付ビレンキン磁石で押しつけると痛みを感じるはずである。痛みがなくなる迄押す。（約10～30秒）次に首に向かってまっすぐ隣にポジションを移し又痛みがなくなる迄押す。次に又首に向かってまっすぐポジションを移す。とくりかえす。大体5～6ポジションで首と頭のつけ根迄行くはずである。

左右同じで良い。首と頭のつけ根迄いくと肩こりはうその様に良くなる。

④ 腰痛に対するレセル療法

筋肉のよじれによるものと椎間板のずれで神経を圧迫して痛むものとあるが何れにしても手の指で押して見て一番痛い所が何ヶ所かあるからそこを一ポジションずつ、バイブレータービレンキン磁石で痛みがとれる迄押す。

場合によっては腰の筋肉の背中側ではなく、腹腔側が痛い事もあるので、指で良く調べてから対処する事である。ビレンキン水の飲用も勿論である。

⑤便秘症のレセル療法

ビレンキン水を1日1リットルを3回に分け朝昼晩飲用する。

患者を腹ばいにして次に両手を広げて両中指を患者の背中側から骨盤の両側突起に当てて背中側に親指を伸ばして当たった所（背骨の両側）を約5～10分位ずつバイブレータービレンキン磁石で押してやると良い。

後、患者を仰向けに寝かせてへそを中心に約7～8㎝の円をえがいて10～12ポジションを30秒～1分間位ずつ、バイブレータービレンキン磁石で押してやる。

⑥冷え症に対するレセル療法

ビレンキン水の飲用から始める。朝晩グラス1杯。

身体のエネルギーの流れを整えるために先に述べたエネルギーを注入する所、即ち百会（ひゃくえ）、長強（尾底骨の先端）、湧泉（ゆうせん）をバイブレータービレンキン磁石で約1分間位ずつ押してやる。

次に血海（けっかい）と言って、あぐらに座ると曲がったひざの角から、7～

８㎝の所、左右２ヶ所と足の三里(さんり)左右２ヶ所、すねのやや外側でひざのすぐ下のへこんだ所で指で押すと痛みを感じる所三陰交(さんいんこう)と言って両足首の内側くるぶしの丸い玉の頂上からひざに向かって指３本の箇所夫々 30 秒位ずつバイブレータービレンキン磁石で押してやると良い。

⑦風邪に対するレセル療法

ビレンキン水を１日１リットルを適当に分けて飲用する事。

普段から飲用していれば風邪の予防にもなる。

次のツボをバイブレータービレンキン磁石で 30 〜１分間位ずつ押してやると良い。

ⓐ天突(てんとつ)　胸骨の上端にあたる左右の鎖骨のくぼみ

ⓑ孔最(こうさい)　前腕部手のひら側の親指側で、前腕部をひじから見て１／３位の所、両腕

ⓒ厥陰兪(けついんゆ)　肩胛骨の内側で背骨（第４胸椎）をはさんだ両側のあたり

ⓓ風門(ふうもん)　左右の肩胛骨の内側で背骨（第２胸椎）をはさんだ両側あたり

ⓔ中府(ちゅうふ)　鎖骨の下で第２肋骨の外側と肩の風節の間のくぼんだ所

ⓕ風池(ふうち)　首の後の髪の生えぎわで２本の太い筋肉の両外側をわずかに離れたくぼみ

後はエネルギーを注入する先述の３ヶ所等である。

⑧ボケ防止法

エネルギー注入の３ヶ所を１〜２分位づつ刺激し、ビレンキン水は２日に１リットル位飲用すると良い。

キクマグを２ヶを手のひらでもてあそび、何分かづつ交互に使う

と良い。

⑨生理痛のレセル療法

ビレンキン水を飲用しながら次のツボをバイブレータービレンキン磁石で 10 ～ 30 秒位ずつ刺激すると良い。

ⓐ天柱

首の後の髪のはえぎわにある 2 本の太い筋肉の外側のくぼみ。

ⓑ腎兪（じんゆ）

いちばん下の肋骨の先端の同じ高さの所で背骨をはさんだ両側。

ⓒ下髎（げりょう）

臀部の平らな骨（仙骨）にある上から 4 番目のくぼみ（第 4 後仙骨孔）の中。

ⓓ血海（けっかい）

膝蓋骨の内へりの指巾 3 本位上のあたり。

ⓔ関元（かんげん）

身体の中心線上でへそから指 3 本分位下のあたり。

ⓕ合谷（ごうこく）

手の甲で親指と人差し指のつけ根の間。

等である。

1996.9.2　進藤理秀　著

(注) この論文は故進藤理秀氏の生前に許可を得て掲載した。

プロフィール

高木 利誌（たかぎ としじ）

1932 年（昭和 7 年）、愛知県豊田市生まれ。旧制中学 1 年生の 8 月に終戦を迎え、制度変更により高校編入。高校 1 年生の 8 月、製パン工場を開業。高校生活と製パン業を併業する。理科系進学を希望するも恩師のアドバイスで文系の中央大学法学部進学。卒業後、岐阜県警奉職。35 歳にて退職。1969 年（昭和 44 年）、高木特殊工業株式会社設立開業。53 歳のとき脳梗塞、63 歳でがんを発病。これを機に、経営を息子に任せ、民間療法によりがん治癒。数え年 90 歳の現在に至る。

ぼけ防止のために勉強して、いただけた免状

新時代の幕開け 3

大転換期の今、次世代へ残すもの

高木 利誌

明窓出版

令和三年四月一日　初刷発行

発行者――麻生 真澄

発行所――明窓出版株式会社

〒一六四―〇〇一二

東京都中野区本町六―二七―一三

電話　（〇三）三三八〇―八三〇三

FAX（〇三）三三八〇―六四二四

印刷所――中央精版印刷株式会社

ISBN978-4-89634-434-9

日本の産業に貢献する、数々の発明を考案・実践し、
新技術で社会に貢献してきた自然エネルギー研究家
高木利誌氏

災害対策・工業・農業・自然エネルギー・核反応など様々に応用できる技術を公開！

私達日本人が取り組むべきこれからの科学技術と、その根底にある自然との向き合い方を、実証報告や論文をもとに紹介していく。

本体価格　1,500円＋税